Collection
« Mille et Une femmes »

ŒUVRES
D'OLYMPE DE GOUGES

Collection dirigée par
Colette Garrigues
Anne-Marie de Vilaine

Dans la même collection

Bing Xin, Ding Ling, Ru Zhijuan, Shen Rong, Zhang Jie, Zong Pu, *la Chine des femmes.*
Madame de Duras, *Édouard.*
Martha I. Moïa, *la Saumone.*
Chantal Montellier, *Odile et les crocodiles.*
Cécile Wasjbrot, *Une vie à soi.*
Paule Wislenef, *le Jeu de la forêt.*
Ewa Pokas, *la Danseuse de corde.*
Wédad Zénié-Ziegler, *la Face voilée des femmes d'Égypte.*
Luxun, *la Vie et la Mort injustes des femmes.*
Hélène Deutsch, *Autobiographie.*

OLYMPE DE GOUGES

Œuvres

présenté par
Benoîte Groult

MERCURE DE FRANCE
MCMLXXXVI

ISSN 0292-658-X
ISBN 2-7152-1436-7
© MERCURE DE FRANCE, 1986.
26, rue de Condé, 75006 Paris.
Imprimé en France.

Introduction

OLYMPE DE GOUGES
LA PREMIÈRE FÉMINISTE MODERNE

« La femme... cette inconnue », cette grande absente de l'histoire... C'est ce qu'on serait tenté de dire de presque toutes celles qui jouèrent un rôle dans la vie politique ou sociale. Dédaignées par les biographes [1] à moins qu'elles n'aient été des saintes, des reines, des favorites, des courtisanes, ou bien des héroïnes de faits divers ou d'escroqueries célèbres; réduites à la portion congrue sinon totalement effacées dans les livres d'Histoire ou les manuels scolaires, quels qu'aient pu être leur héroïsme, leur intelligence ou leur talent; expédiées au bûcher, au bagne, à la guillotine ou à l'asile si elles se montraient par trop subversives et s'obstinaient dans leurs erreurs, toutes celles qui ont tenté de s'écarter de la place traditionnelle qui leur était assignée pour jouer un rôle public, n'en ont retiré, dans la grande majorité des cas ni gloire ni même la reconnaissance de leurs semblables.

Si elles ont disparu de notre mémoire, si elles ont été réduites à un nom, voire à un prénom, dans nos dictionnaires, ce n'est pas qu'elles aient eu une importance négligeable, mais par le seul fait qu'elles étaient des femmes.

1. La première biographie consacrée à Olympe de Gouges est celle d'Olivier Blanc, Éd. Syros, en 1981.

Afin que ces révoltées, ces originales ou ces artistes ne risquent pas de donner un mauvais exemple aux femmes honnêtes et de servir de modèles aux petites filles des générations à venir, les historiens, les chroniqueurs ou les philosophes ont employé un moyen très sûr : les jeter aux oubliettes de l'histoire, les effaçant ainsi de notre mémoire collective.

Ces destinées étouffées, ces voix réduites au silence, ces aventures inconnues ou mort-nées, ces talents avortés, commencent aujourd'hui enfin à resurgir de l'ombre et leurs héroïnes à s'installer au Panthéon de nos gloires. Et parmi elles, une des plus oubliées et qui pourtant, plus que toute autre, mérite la reconnaissance des femmes : Olympe de Gouges.

Parce qu'elle a été la première en France, en 1791, à formuler une « Déclaration des Droits de la Femme » qui pose dans toutes ses conséquences le principe de l'égalité des deux sexes.

Parce qu'elle a été la première « féministe » à comprendre, bien avant que ces mots en -isme n'existent, que le sexisme n'était qu'une des variétés du racisme, et à s'élever à la fois contre l'oppression des femmes et contre l'esclavage des Noirs.

Parce qu'elle a osé revendiquer toutes les libertés, y compris sexuelle ; réclamer le droit au divorce et à l'union libre ; défendre les filles-mères et les enfants bâtards, comprenant que la conquête des droits civiques ne serait qu'un leurre si l'on ne s'attaquait pas en même temps au Droit patriarcal.

Enfin parce qu'elle a payé de sa vie sa fidélité à un idéal.

En lui tranchant la tête en 1793, les Révolutionnaires de la Terreur accomplissaient un acte symbolique : avec sa tête allaient tomber également ses idées féministes, ses utopies souvent prophétiques, que l'on attribuera à d'autres, et disparaître ses écrits innombrables, pièces

Introduction 13

de théâtre, mémoires, manifestes politiques, romans, détruits ou enfouis dans l'Enfer des bibliothèques, et que personne ne se souciera de publier pendant deux siècles. Selon la formule imaginée de Monique Piettre [1], bien des femmes en cette fin du XVIIIe siècle étaient passées « de l'éventail à l'échafaud », mais bien peu l'avaient fait comme Olympe de Gouges, avec autant de lucidité et de passion à la fois et sans jamais rien céder sur ses principes.

Malgré sa vie romanesque, son audace politique et ses idées très en avance sur celles de son temps, elle n'a eu droit, dans le meilleur des cas, qu'à une ligne ou deux dans les manuels d'histoire et son oraison funèbre s'est résumée à quelques mots ironiques ou malveillants. Cette « impudente », cette « déséquilibrée », ce « fou héroïque [2] », cette « demi-mondaine [3] », cette « Bovary du Midi [4] », cette « Bacchante affolée », ce « monstre impudique », n'aurait eu en somme que le sort que méritent toutes les hystériques qui ont prétendu jouer un rôle dans l'histoire de leur pays.

Mais qui était en réalité cette Olympe qui a cristallisé sur sa personne tous les phantasmes traditionnels de la misogynie? Claude Manceron n'hésite pas à dire : « Elle a été la grande révolutionnaire inconnue de notre histoire. »

Son pseudonyme éclatant a peut-être contribué à la faire échapper à l'oubli total. Des noms comme ceux d'une Claire Lacombe, par exemple, membre de la Société des Républicaines Révolutionnaires et qui échappa de justesse à la guillotine, ou d'une Etta Palm d'Aelders, surnommée par Michelet « la Hollandaise distinguée », parlent moins à l'imagination. Le pseudo-

1. *La Condition féminine à travers les âges*, Éditions France Empire, 1975.
2. Edmond et Jules de Goncourt, *Journal*.
3. Cf. le *Gil Blas* de 1908.
4. Cf. Jean Rabaut, *Histoire des féminismes français*, Éd. Stock, 1977.

nyme d'Olympe de Gouges constitua d'ailleurs sa première création littéraire, car elle était née Marie Gouze, tout simplement, en 1748, officiellement fille de Pierre Gouze, boucher à Montauban et d'Anne-Olympe Mouisset, son épouse; mais en réalité fille illégitime d'un Homme de Lettres, le marquis Le Franc de Pompignan.

Sa naissance romanesque, son enfance pauvre, sans la moindre instruction, sa jeunesse difficile, nous les connaissons grâce à un roman autobiographique qu'elle publiera plus tard : *Mémoire de Mme de Valmont*.

« *Ma naissance est si bizarre,* écrit-elle, *que ce n'est qu'en tremblant que je la mets sous les yeux du public... Je sors d'une famille riche et estimable dont les événements ont changé la fortune. Ma mère était fille d'un avocat très lié avec le Marquis de Flaucourt à qui le ciel avait accordé plusieurs enfants... L'aîné, Jean-Jacques, ne vit pas ma mère avec indifférence. L'âge et le goût formèrent entre eux une douce sympathie dont les progrès furent dangereux. Ses parents et ceux de ma mère s'étant aperçus de cette passion réciproque trouvèrent bientôt le moyen de les éloigner... Ma mère fut mariée. Jean-Jacques fut envoyé à Paris où il débuta dans la carrière dramatique... Il revint dans sa province où il trouva celle qu'il avait aimée et dont il était encore épris, mariée et mère de plusieurs enfants. De quelles expressions puis-je me servir pour ne pas blesser la pudeur, le préjugé et les lois en accusant la vérité? Je vins au monde le jour même de son retour, comme s'il avait été rappelé et toute la ville pensa que ma naissance était l'effet des amours de celui-ci. Jean-Jacques poussa la tendresse pour moi jusqu'à renoncer aux bienséances, en m'appelant publiquement sa fille. En effet il eût été difficile de déguiser la vérité : une ressemblance frappante était une preuve trop évidente. Il employa tous les moyens pour obtenir de ma mère qu'elle me livrât à ses soins paternels. Sans doute mon éducation eût-*

elle été mieux cultivée. Mais elle rejeta toujours cette proposition, ce qui occasionna entre eux une altercation dont je fus la victime. Je n'avais que six ans quand il partit pour ses terres, où la veuve d'un financier vint l'épouser. Ce fut dans les douleurs de cet hymen que mon père m'oublia. »

Ce père, c'était un magistrat et un écrivain dont elle s'exagère « l'immortel talent » (elle l'a toujours idolâtré), mais qui connut une certaine célébrité en son temps. Jean-Jacques Le Franc de Pompignan était dévot, rigide, défenseur des privilèges, ce qui lui valut d'être la tête de Turc favorite de Voltaire... son principal titre de gloire, sans doute!

Mariée à seize ans à Louis-Yves Aubry, officier de bouche puis traiteur à Montauban, « *un homme âgé qu'elle n'aimait point et qui n'était ni riche ni bien né* », dit-elle dans son *Mémoire*, mère d'un fils à dix-sept ans, veuve quelques mois plus tard, c'est avec soulagement qu'elle retrouve une liberté qu'elle n'aliénera plus jamais. Elle inspire pourtant une passion durable à un riche célibataire, Jacques Biétrix de Rozières, entrepreneur de transports militaires, qui l'emmènera bientôt à Paris avec son fils. Mais, bien qu'elle soit sans instruction et sans fortune, elle refusera d'assurer sa sécurité en l'épousant : première entorse aux lois de son sexe! Cinquante ans avant les Saint-Simoniennes, cent cinquante ans avant Simone de Beauvoir, elle rejette le mariage, « tombeau de la confiance et de l'amour », et se déclare en faveur de ce qu'elle appelle « l'inclination naturelle ».

Pour une fille de sa condition, jeune, jolie et ambitieuse, il n'existait alors d'autre alternative que le mariage ou la galanterie. Olympe refusant le mariage, les chroniqueurs de l'époque s'empresseront de lui établir une réputation de femme galante et feindront jusqu'au bout de ne voir en elle qu'une courtisane, connue à Paris pour les faveurs dont elle comblait ses concitoyens.

Deuxième entorse à l'usage : elle refuse de se faire appeler la Veuve Aubry. Ce nom lui rappelant de mauvais souvenirs, elle décide de s'en forger un autre. Elle reprendra un des prénoms de sa mère, Olympe, « estimant qu'il avait quelque chose de céleste », et y adjoindra une forme approximative de son nom, Gouze, qu'elle transforme en Gouges, et que de toute façon elle ne sait pas orthographier, puisqu'elle n'a appris ni à lire ni à écrire. Sur son contrat de mariage on s'aperçoit en effet qu'elle sait à peine signer, ce qui n'est d'ailleurs pas surprenant : la majorité des femmes de cette époque étaient pratiquement illettrées.

Le choix d'une particule, curieusement, va la rapprocher d'une autre révolutionnaire, Anne-Josèphe Terwagne, dite Théroigne de Méricourt. Rapprochement qui ne se bornera pas là puisque toutes deux connaîtront une fin tragique et mourront pour leurs idées : Olympe, sur l'échafaud, Théroigne à l'asile de la Salpêtrière, à la suite d'une fessée administrée en place publique, qui la laissera folle jusqu'à la fin de ses jours. Toutes deux « témoignant de la gynophobie des hommes de la Révolution (à l'exception d'un Condorcet), et de leur peur viscérale devant l'activité militante des femmes [1] ».

À Paris, elle apprend très vite ce qu'est l'exclusion, on dirait aujourd'hui la marginalité. Fille naturelle non reconnue, illettrée, occitane de surcroît, intelligente, indomptable, imprudente... c'étaient là bien des titres à scandaliser l'opinion de son temps.

Curieusement, sa bâtardise ne lui pesa jamais vraiment : elle était fière d'être la fille d'un homme de lettres, même s'il ne la reconnut jamais et, avec beaucoup de délicatesse, elle attendit la mort de Le Franc de Pompignan en 1784 pour publier son *Mémoire* et revendiquer

---

1. Cf. l'excellente *Histoire du féminisme français du Moyen Âge à nos jours*, par Maïté Albistur et Daniel Armogathe, Éd. Des femmes, 1977.

ouvertement cette filiation, devant laquelle l'auteur de ses jours s'était pourtant dérobé avec une hypocrisie bien de son temps :

« *Votre lettre, Madame, a réveillé mes douleurs et mes inquiétudes sur le passé... Mes années, mes infirmités et la religion m'ont forcé d'éloigner de mes yeux l'objet qui me rappelait les erreurs d'une trop coupable jeunesse. Je crois sans effort et trop malheureusement pour moi, que vous ne m'êtes pas étrangère; mais vous n'avez aucun droit pour réclamer auprès de moi le titre de la paternité. Vous êtes née légitime et sous la foi du mariage. S'il est vrai cependant que la Nature parle en vous et que mes imprudentes caresses pour vous en votre enfance et l'aveu de votre mère, vous assurent que je suis votre père, imitez-moi et gémissez sur le sort de ceux qui vous ont donné l'être. Dieu ne vous abandonnera point si vous le priez sincèrement.* »

Munie de ces bons conseils, la petite Marie Gouze va donc se lancer seule dans la vie parisienne. « Sa jolie figure était son unique patrimoine », selon la *Correspondance* de Grimm. Mary-Lafon, dans sa *Ninon 1789*, précise qu'elle « réalisait avec magnificence l'idéale perfection de la beauté du Midi : des yeux d'où jaillissaient en étincelles électriques le feu de la pensée et celui de la passion; de superbes cheveux noirs dont les boucles s'échappaient avec profusion d'un petit bonnet de dentelle; un profil grec et une taille admirablement dessinée ».

Il existe d'ailleurs un portrait de Marie-Olympe Aubry de Gouges daté de 1784 et conservé au musée Carnavalet.

Le comédien Fleury, qui faisait partie de ses nombreux ennemis, déplorait « de ne voir apparaître nulle frivolité mondaine sur sa poitrine, remarquable par la plus grande concision! ». Il reconnaissait cependant qu'elle « n'avait

pas l'hypocrisie du buste et ne cachait pas qu'elle s'arrangeait ». Mais il lui reprochait sa coiffure peu sage :
« Veut-on savoir pourquoi la gaze libre et indépendante bouillonnait sur sa tête et lui donnait l'apparence d'une femme qui aurait reçu sur les cheveux toute la mousse de savon d'un plat à barbe? C'est qu'elle ne voulait point gêner la circulation du sang et, sur leur siège principal, obstruer les idées! »

On peut lire partout que c'est à sa beauté qu'elle doit d'être devenue célèbre. En fait, si le *Petit Dictionnaire des Grands Hommes* a évoqué sa notoriété de « femme galante », si Restif de la Bretonne l'a placée injustement dans sa « Liste des Prostituées de Paris », si son biographe Monselet lui a prêté des caprices de « Bacchante affolée », elle ne défraya jamais la chronique scandaleuse de son temps et sa célébrité réelle date plutôt de l'époque où elle fréquentera les littérateurs et les philosophes, espérant combler un peu les lacunes de son éducation. Cette ambition louable ne lui vaudra pas davantage l'estime de ses contemporains. On l'acceptait volontiers courtisane, on trouve incongrues « ses prétentions intellectuelles ». Dans un « Poème adressé à une soi-disant savante », l'avocat Duveyrier, qui se disait son ami, la mettait en garde contre toute culture, au nom du vieil argument qui avait servi depuis des siècles à justifier l'ignorance des femmes.

> Folle de tout et surtout de l'amour
> À raisonner opéra, politique,
> Danse, tableaux, sculpture, vers, musique,
> La sotte Églé consume chaque jour.
> D'être savante abhorrez la manie :
> Le ciel vous fit pour n'être que jolie.

Mais Olympe se moquait déjà des critiques et commençait à se passionner à la fois pour les idées de la Révolution naissante et pour la carrière littéraire. Elle

Introduction

se mit à fréquenter les milieux politiques et également « les gens bien nés » et parmi eux le cousin de Louis XVI, le futur Philippe-Égalité, à qui elle dédiera plus tard les deux premiers tomes de ses œuvres.

Faire la liste de ses amants supposés serait à la fois malaisé et sans intérêt. Comme le disait Olympe elle-même : « *Des hommes inconsidérés sèment partout que j'ai eu des amants! Certes, la remarque est neuve, et surtout bien essentielle... Faut-il encore ajouter qu'étant veuve à seize ans.* [Olympe commence déjà à se rajeunir!] *et devenue ma maîtresse, je fus exposée plus qu'une autre.* »

On a prétendu qu'elle s'était tournée vers la littérature (ce qu'on appelait chez une femme « verser dans le bel esprit »), parce que sa beauté « s'était fanée dans les orgies ». Rappelons qu'elle avait à peine trente-deux ans quand, vers 1780, elle se mit à écrire, âge un peu précoce, on l'avouera, pour perdre ses charmes!

« Comment s'opéra la transformation de la femme galante en femme de lettres? se demande un de ses biographes, Édouard Forestié, en 1901. Il est certain, explique-t-il, que la femme a une extrême facilité d'assimilation et que l'histoire fournit maints exemples de semblables métamorphoses. »

Charles Monselet, lui non plus, ne croit pas à la possibilité d'une vocation chez une femme. « Son règne dura autant que durèrent sa beauté, sa grâce et sa coquetterie. Quand de tout cela il ne fut plus question, c'est-à-dire quand elle commença à entrer dans la période de trente ans, Olympe de Gouges se demanda comment elle allait faire pour prolonger cette existence sonore. Ce fut alors que le Démon des Lettres s'offrit à elle sous des couleurs séduisantes et faciles et qu'elle entreprit de devenir la Sappho de son siècle. Déplorable erreur de ces femmes sans vocation, qui se servent de la rhétorique comme d'un pot de fard ou d'une boîte à mouches et qui pensent qu'un volume leur ôtera une ride. »

La métamorphose d'Olympe ne fut pourtant pas facile : elle cumulait les handicaps. D'abord l'opposition du père qu'elle vénérait et qui s'employa à la décourager dans une lettre qu'elle publiera plus tard et qui reflète parfaitement les préjugés et la misogynie du temps :

« *Ne vous attendez pas, Madame, à me... trouver raisonnable sur cet objet... Si les personnes de votre sexe deviennent conséquentes et profondes dans leurs ouvrages, que deviendrons-nous, nous autres hommes, aujourd'hui si superficiels et si légers? Adieu la supériorité dont nous étions si orgueilleux. Les dames nous feront la loi... Cette révolution serait dangereuse. Ainsi je dois désirer que les Dames ne prennent point le bonnet de Docteur mais qu'elles conservent leur frivolité même dans leurs écrits. Tant qu'elles n'auront pas le sens commun, elles seront adorables. Nos savantes de Molière sont des modèles de ridicule. Celles qui suivent aujourd'hui leurs traces sont les fléaux des sociétés... Les femmes peuvent écrire mais il leur est défendu, pour le bonheur du monde, de s'y livrer avec prétention.* »

Deuxième handicap : écrivant avec difficulté, elle était obligée de dicter à des secrétaires, qui transcrivaient plus ou moins fidèlement. D'où ce style parlé qu'on lui a reproché, semé de formules occitanes. Elle appartenait à une culture orale et le français n'avait été pour elle qu'une seconde langue. Sa faconde méridionale l'inclinait aussi aux digressions incessantes et à ce ton ampoulé et lyrique, dont usaient d'ailleurs si volontiers les orateurs du temps, et qui conviendra mieux aux vibrants appels patriotiques qu'aux pièces de théâtre qu'elle s'est mis en tête d'écrire. Elle en composera plus de trente, dont beaucoup se sont perdues mais dont plusieurs furent jouées à la Comédie-Française et dans d'autres théâtres.

On lui reprocha souvent de ne pas écrire ses pièces

elle-même mais elle se défendit toujours de ces attaques
– comme de toutes les autres – avec autant de véhémence
que d'humour.

À un voyageur rencontré dans une diligence et qui se vantait d'avoir bénéficié des faveurs de Mme de Gouges et d'avoir écrit pour elle une de ses pièces, en y ajoutant soigneusement des incorrections pour mieux faire croire qu'elle était d'elle, elle répondit superbement avant de descendre de voiture :

« *Monsieur, j'ai écouté vos sots propos avec le calme d'un philosophe, le courage d'un homme et l'œil d'un observateur. Je suis cette même Olympe de Gouges que vous n'avez jamais connue et que vous n'êtes même pas fait pour connaître. Profitez de la leçon que je vous donne : on trouve communément des hommes de votre espèce, mais apprenez qu'il faut des siècles pour faire des femmes de ma trempe.* »

Avec ce mélange d'orgueil et de naïveté bien dans sa manière, elle reconnaîtra d'ailleurs ses difficultés et s'en excusera auprès du public dans la préface d'une de ses pièces :

« *Il faut que j'obtienne une indulgence plénière pour toutes mes fautes qui sont plus graves que légères : fautes de français, fautes de construction, fautes de style, fautes de savoir, fautes d'intéresser, fautes d'esprit, fautes de génie... En effet, on ne m'a rien appris. Élevée dans un pays où l'on parle mal le français, je ne connais pas les principes, je ne sais rien. Je fais trophée de mon ignorance, je dicte avec mon âme, jamais avec mon esprit.* » Et elle conclut en toute candeur : « *Le cachet naturel du génie est dans mes productions.* »

Troisième handicap : elle eut le tort de se passionner pour les sujets les moins recommandables : l'esclavage, le droit au divorce, les vœux forcés, auxquels on contraignait tant de jeunes filles sans dot, ou bien l'emprisonnement pour dettes qui, sous l'Ancien Régime, condamnaît des milliers de malheureux dont la famille n'avait pas les moyens de racheter la libération à passer des années en prison, ce qui les empêchait précisément de rembourser leurs créanciers, et prolongeait encore leur détention.

Toujours prête à payer de sa personne, lorsqu'elle donna en lecture sa pièce, *l'Homme généreux,* Olympe de Gouges se déclara disposée à consacrer les recettes des premières représentations à la libération d'un de ces prisonniers dont le sort l'avait émue.

La première œuvre dramatique qu'elle présentera au comité de lecture de la Comédie-Française, anonymement pour garder toutes ses chances, portait justement sur un de ces thèmes audacieux : l'esclavage. En 1785, c'est une des premières fois que ce thème est abordé au théâtre. La pièce, *Zamore et Mirza,* est acceptée, mais les répétitions sans cesse repoussées, sur l'intervention de l'autoritaire duc de Duras, académicien et maréchal de France. Le clan tout-puissant des Colons exerçait en effet les pressions les plus vives pour empêcher la représentation. De plus, l'auteur avait eu l'audace de demander aux acteurs qui tenaient les rôles de Nègres de se noircir le visage au jus de réglisse, exigence qui leur paraissait incompatible avec leur dignité.

« *Si vous voyez des Sauvages dans le drame que l'on va jouer à la place de Nègres, s'excuse Olympe, c'est que la Comédie n'a pas voulu hasarder cette couleur sur scène. Mais c'est en tout l'histoire effroyable des Nègres que j'ai voulu traiter. Et qu'importe après tout le costume ou la couleur, si le but moral est rempli.* »

Dans son impatience de voir sa pièce jouée, elle indisposa tant les ombrageux Comédiens-Français, protégés par les Gentilshommes de la Chambre du Roi, qu'ils obtinrent même contre elle une lettre de cachet qui prétendait l'expédier à la Bastille. « *Encore une légère formalité*, écrit-elle, *et je descendais toute vivante dans ce tombeau.* »

Elle ne se décourage pas pour autant – rien ne la découragera jamais – et écrit d'autres pièces, *Lucinde et Cardénio*, puis *les Amours de Chérubin*, pour donner une suite au *Mariage de Figaro*. C'était l'usage alors de reprendre des thèmes à la mode, mais les plagiats ou les « suites » donnés à ses pièces irritaient beaucoup Beaumarchais. Il fit pression sur le Théâtre Italien pour faire interdire la représentation des *Amours de Chérubin*. Quand ses pièces étaient refusées, Olympe se ruinait à les faire imprimer. Publié en 1786, *le Mariage inattendu de Chérubin*, rebaptisé pour l'occasion, devait recevoir un accueil favorable des critiques, y compris du redouté La Harpe, qui écrivit dans *le Mercure de France* qu'elle n'était « ni parodie ni critique de celle de Beaumarchais » et qu'il y « avait certainement du talent dans cette comédie dont les détails annoncent de l'esprit et de l'imagination ».

Pour riposter aux cabales dont elle se jugeait l'objet, Olympe de Gouges n'hésitait pas à faire placarder des affiches sur les murs de Paris, expliquant ses griefs ou provoquant ses ennemis en duel :

« *La littérature est une passion qui porte jusqu'au délire. Cette passion m'a constamment occupée pendant dix années de ma vie. Elle a ses inquiétudes, ses alarmes, ses tourments, comme l'amour... Mais il m'a pris fantaisie de faire fortune, je veux la faire et la ferai. Je la ferai en dépit des envieux, de la critique et du sort même.* »

Et elle ajoutait avec une vanité candide :

« *L'activité de dix secrétaires ne suffirait pas à la fécondité de mon imagination. J'ai trente pièces au moins. Je conviens qu'il y en a beaucoup plus de mau-*

vaises que de bonnes, mais je dois convenir aussi que j'en ai dix qui ne sont pas dépourvues de sens commun. »

Jusqu'en 1789, elle ne sera occupée que de sa carrière dramatique malgré les mises en garde des Comédiens-Français concernant « le danger évident » que représente pour les femmes la course à la célébrité. Son vieil ennemi Fleury écrit d'elle : « Mme de Gouges était une de ces femmes auxquelles on serait tenté d'offrir en cadeau une paire de rasoirs. De ces femmes qui perdent les aimables qualités de leur sexe sans avoir l'espérance de jamais obtenir celles du nôtre, toute femme auteur de profession étant dans une position fausse, quelque talent qu'on lui suppose. »

Son biographe, Charles Monselet, dans *les Oubliés et les Dédaignés,* s'empresse de signaler que, comme les hommes se tuent à le leur répéter, la littérature est nuisible pour la femme : « *Elle ne s'aperçoit pas que les roses expirent sur ses joues et que la solitude se fait autour d'elle. Déjà, chose inévitable, la littérature a exclu la coquetterie : son œil devient hagard, sa chevelure est dépeignée comme une métaphore de mauvais goût. Triste destinée des auteurs femelles!* »

Cependant, le sort semble enfin lui sourire : le climat politique change et, sentant tourner le vent, la Comédie-Française décide enfin de jouer *Zamore et Mirza,* rebaptisé *l'Esclavage des Nègres.* Olympe publie à cette occasion ses *Réflexions sur les hommes nègres* (p. 83) un texte d'avant-garde si l'on songe que le Girondin Brissot n'a pas encore créé à Paris son « Association des Amis des Noirs » destinée à lutter contre le puissant Club des Colons et le « commerce infâme » qu'ils patronnent. Elle sera d'ailleurs la seule femme citée en 1808 dans la « Liste des hommes courageux qui ont plaidé ou agi pour l'abolition de la Traite des Noirs ».

« *L'espèce d'hommes nègres m'a toujours intéressée à son déplorable sort,* y écrivait-elle... *Ceux que j'ai pu*

Introduction

interroger ne satisfirent point ma curiosité et mon raisonnement. Ils traitaient ces gens-là de brutes, d'êtres que le Ciel avait maudits. Mais en avançant en âge, je vis clairement que c'était la force et le préjugé qui les avaient condamnés à cet horrible esclavage, que la Nature n'y avait aucune part et que l'injuste et puissant intérêt des Blancs avait tout fait.

... Un commerce d'hommes!! Grands Dieux! Et la Nature ne frémit pas? S'ils sont des animaux, ne le sommes-nous pas comme eux? Et en quoi les Blancs diffèrent-ils de cette espèce? C'est dans la couleur... Pourquoi la blonde fade ne veut-elle pas avoir la préférence sur la brune qui tient du mulâtre?... La couleur de l'homme est nuancée... tout est varié et c'est là la beauté de la Nature. »

Les jours précédant le spectacle, une brochure anonyme fut distribuée dans tout Paris sous le titre : « Lettre à Mme de Gouges. »

« ... Je crois devoir vous dire, au nom de tous les colons, que depuis longtemps les mains leur démangent de se saisir chacun d'un ami des Noirs que plusieurs d'entre eux ont provoqué personnellement... Que les Amis des Noirs sortent enfin de leur caverne où ils machinent à la journée notre ruine et notre destruction, qu'ils jettent leurs poignards et leurs manteaux pour s'armer d'une épée, conduite par un bras nu sur une poitrine découverte, et nous vous montrerons avec plaisir ce que nous sommes. Nous proposons donc à Messieurs les Amis des Noirs, et ce par vous, Madame, qui vous mettez si honorablement en avant pour eux... de se rendre à la plaine de Grenelle ou à celle des Sablons, d'y faire faire des fosses et de nous y battre à mort... Je terminerai, Madame, en observant qu'il est bien extraordinaire que MM. les Amis des Noirs se soient servis d'une femme pour provoquer les colons. Quoique votre langage annonce un courage et des sentiments au-dessus de votre sexe, et

que vous paraissiez ne pas craindre de nous armer les uns contre les autres, nous sommes bien tentés de croire que c'est encore une jean-lorgnerie de vos Messieurs. Tout instruite que vous êtes, Madame, vous ne connaissez peut-être pas ce mot. Mais entourée d'Académiciens et de gens de lettres, vous ne serez pas longue à en apprendre la signification...
signé : un colon très aisé à connaître. 25. XII. 89. »

Les journaux conservateurs se déchaînaient aussi contre « ces Amis des Noirs qui ne sont que des ennemis des Blancs » et qui veulent « faire du bruit en France plutôt que du bien au Sénégal ».

Le soir de la générale, l'ambiance était surchauffée. Une partie de la salle avait été louée par des chahuteurs, enrôlés par des anti-abolitionnistes. Partisans et adversaires de l'esclavage s'affrontèrent jusque sur la scène et la représentation tourna à la bataille rangée. Le maire de Paris déclara que « cette pièce incendiaire pourrait provoquer une insurrection dans les colonies » et elle fut retirée du répertoire au bout de trois représentations.

Les critiques elles aussi furent divisées, *le Moniteur* déclarant que « c'était une des productions les plus romanesques qu'on ait encore portées sur scène », tandis qu'un journal monarchiste s'indignait en ces termes : « On sent combien un pareil fond est vicieux. Il est souverainement immoral de prendre pour le héros d'une action, un meurtrier. »

Enfin, argument sans réplique, la pièce était l'œuvre d'une femme et comme l'écrivait un critique : « Nous répéterons seulement qu'il faut de la barbe au menton pour faire un bon ouvrage dramatique. »

Un autre journal réactionnaire déclarait : « Une femme, pour garder ses droits à la galanterie française, a besoin de les recueillir en personne. Le spectateur, devenu son juge, se croit dispensé d'être galant et il ne voit plus un sexe aimable à travers des prétentions qui font disparaître ses grâces sans faire oublier ses faiblesses ! »

Les Comédiens-Français refusèrent par la suite de reprendre la pièce et interdirent de la laisser jouer ailleurs puisqu'elle appartenait à leur répertoire. Devant cet abus de pouvoir qui privait un auteur de la propriété de ses œuvres, plusieurs dramaturges, tels que Marivaux, Sedaine, Lesage, Chamfort et André Chénier, allaient en 1790 intenter une action en justice. Ils gagneront leur procès, mais pour *l'Esclavage des Nègres*, il est trop tard. Olympe, lassée, s'est attaquée à d'autres sujets.

Elle écrit successivement *Les Vœux forcés* (p. 180) qui fut créée et jouée quatre-vingts fois au Théâtre Comique et Lyrique de la rue de Bondy, et *Le Philosophe corrigé ou le Cocu supposé* (p. 135), qu'elle fit précéder d'une profession de foi à la fois naïve et provocatrice, mais étrangement lucide :

« *J'ai souvent fait de grandes étourderies, mais elles me plaisent et je mets quelquefois autant de recherche à les commettre à mon désavantage, que d'autres mettent de précaution à éviter même un mot équivoque... Il m'en a coûté ma fortune, mon repos, ma réputation.* »

Elle produit ensuite une de ses meilleures œuvres, *Molière chez Ninon*, « une pièce épisodique de la plus grande vérité », estime le très respecté *Journal Encyclopédique*, qui ajoute : « La Comédie-Française a eu tort de refuser la pièce et n'entend rien à ses intérêts. » Mais il semble que les Comédiens de l'Illustre Maison aient décidé de refuser systématiquement les pièces de la trop arrogante Olympe. Elle se rabattit alors sur d'autres théâtres.

En 1791, après avoir composé une ode funèbre en l'honneur de Mirabeau qui venait de mourir, ode qu'elle lut elle-même au Café Procope, elle fit jouer à la Comédie Italienne son *Mirabeau aux Champs-Élysées*, pièce dans laquelle elle mêlait audacieusement sur la scène

Louis XII, Henri IV, Louis XIV, Franklin, Mme de Sévigné et Ninon de Lenclos, une de ses héroïnes de prédilection. Elle se sentait en effet des affinités avec cette « femme fatale du XVIIᵉ », cette indépendante qui fréquentait les écrivains et les philosophes. Comme Ninon, Olympe souffrait du manque d'estime de ses contemporains et croyait au « partage indifférent des qualités qu'on est convenu d'exiger des deux sexes ». Elle en fera à plusieurs reprises sa porte-parole pour dénoncer la condition faite aux femmes :

« *J'en sens l'injustice et ne puis la soutenir. Je crois qu'on nous a chargées de ce qu'il y avait de plus frivole et que les hommes se sont réservé le droit aux qualités essentielles. De ce moment, je me fais homme! Je ne rougirai donc plus de l'usage que j'ai fait des dons précieux que j'avais reçus de la Nature. Si l'on pouvait rajeunir et si je revenais à l'âge de quinze ans, je ne changerais en rien le plan de vie que j'ai suivi. Mais j'approche de ma cinquantaine... Cela vous étonne, et surtout que j'aie la force de l'avouer.* »

Ce droit à l'intelligence que réclame Olympe, celui aussi de vieillir sans honte, sont des thèmes qu'elle est une des premières à oser aborder. Et si ses œuvres dramatiques sont devenues illisibles dans leur ensemble pour le public d'aujourd'hui, elles ne sont pourtant pas dénuées d'intérêt. On y sent toujours l'enthousiasme, la générosité et l'imagination, mais elle eut le tort de les dicter dans la précipitation, souvent sous l'empire de l'indignation. Elle se vanta même de pouvoir écrire une pièce en cinq jours et, toujours imprudente, elle proposa à Caron de Beaumarchais de participer à une joute publique pour le prouver!

« *Pourquoi cette prévention invincible que l'on a contre mon sexe? Et pourquoi dire comme je l'ai entendu dire tout haut que la Comédie-Française ne devrait pas jouer des pièces de femmes?... Vous avez osé dire que je*

Introduction 29

n'étais pas l'auteur de mes productions!... Je suis femme, point riche... Ne sera-t-il jamais permis aux femmes d'échapper aux horreurs de l'indigence que par des moyens vils?... J'ose, sans avoir votre fortune, vous proposer un acte de bienfaisance. Je parie 100 Louis, vous en mettrez mille. En comparaison de nos deux fortunes, c'est une offre très raisonnable. Je gage donc de composer en présence de tout-Paris, assemblé s'il se peut dans un même lieu, une pièce de théâtre sur tel sujet qu'on voudra me donner. Les cent Louis ou les mille Louis du perdant seront employés à marier six jeunes filles. Heureuse si je puis les établir avec les 1000 Louis. Que de gains à la fois!»

On retrouve bien là à la fois sa naïveté, son moralisme et son esprit pratique. Sa vanité puérile aussi : elle s'attaquait à l'auteur le plus en vogue de son temps!

Mais avant de porter un jugement définitif sur son œuvre dramatique, il faut aussi faire la part du goût de l'époque pour les déclamations lyriques et le style ampoulé. Le théâtre révolutionnaire est avant tout un théâtre politico-patriotique, ce qui le rend généralement didactique et pompeux, même sous la plume d'un André Chénier. Ce qui nous paraît ridicule et excessif aujourd'hui savait émouvoir alors. Il était fréquent qu'on se battît sur scène puisque le théâtre était le prolongement de la tribune et chaque fois qu'une pièce exprimait le moindre regret du passé, elle était accueillie par des huées.

Olympe ne se contentait d'ailleurs pas du genre dramatique. Après son autobiographie, *Mémoire de Mme de Valmont,* elle fit paraître *le Prince philosophe,* un épais roman politico-philosophique, qui comportait, outre de longues digressions morales, des aperçus d'un modernisme étonnant sur l'égalité des sexes (p. 225).

Mais surtout, à l'approche de la Révolution, elle commençait à s'enthousiasmer pour les idées nouvelles et à préférer l'action politique à la carrière littéraire. « *Laissons là comités, tripotages, rôles, pièces, acteurs et actrices, je ne vois plus que plans de bonheur public.* »

La maturité – elle a trente-huit ans – lui allait bien. Contrairement à ce que préféra croire un Michelet par exemple, qui la décrivit ravagée par l'abus des plaisirs, elle apparaissait, selon un témoin du temps, comme « une femme toujours superbe, très vive, fougueuse, aujourd'hui sur le retour, mais encore aimable et susceptible de faire des passions ».

N'ayant ni le droit de vote ni celui d'être élue, ne pouvant occuper une fonction publique ni intervenir dans les débats d'une assemblée, interdite de toute responsabilité, que pouvait faire une femme active et pleine d'idées, sinon écrire ?

« *Les hommes,* dira-t-elle, *ont tous les avantages. On en a vus qui, sortis de la plus basse origine, sont parvenus à la plus grande fortune et quelquefois aux dignités. Et les femmes sans industrie – c'est-à-dire si elles sont vertueuses – restent dans la misère. On nous a exclues de tout pouvoir, de tout savoir. On ne s'est pas avisé de nous ôter celui d'écrire ! Cela est fort heureux.* »

Le 6 novembre 1788, le *Journal Général de France* va publier sa première brochure politique : « La lettre au peuple ou projet d'une Caisse patriotique. »

Ce projet ne passera d'ailleurs pas inaperçu. Les années 88 et 89 voient fleurir les utopies et les gestes symboliques qui enflamment les patriotes, telle la cérémonie fameuse où de nombreuses femmes, à l'appel de Mme Moitte, vinrent remettre leurs bijoux à l'Assemblée nationale. Olympe à cette occasion enverra aux députés « le quart de son revenu, pour ne pas sembler ne faire que des vœux pieux pour le bonheur de la France ».

Quelques mois plus tard, elle complète sa Lettre par des « Remarques Patriotiques », qui fourmillent d'idées

Introduction 31

judicieuses et de propositions d'avant-garde, qui ne seront parfois mises en pratique qu'un siècle plus tard. C'est ainsi qu'elle fut la première à parler d'assistance sociale, d'établissements d'accueil pour les vieillards, de refuges pour les enfants d'ouvriers, d'ateliers publics pour ceux que l'on n'appelait pas encore les chômeurs, idée qui sera reprise en 1848 sous le nom d'Ateliers Nationaux. Elle propose également la création de tribunaux populaires appelés à juger en matière criminelle, préfiguration de nos jurys d'aujourd'hui.

Enfin elle évoque, souci très rare à l'époque, l'assainissement dans les hôpitaux et l'hygiène déplorable des Maternités. À l'Hôtel-Dieu, une femme sur quatre mourait en couches, généralement à la suite d'infections parfaitement évitables. Olympe est une des premières à s'émouvoir du sort de *« ces femmes qui expirent entre les bras de leurs accoucheurs en donnant la vie à des hommes dont aucun ne s'est occupé sérieusement, ou n'a eu le plus petit intérêt pour les tourments qu'il a causés... Ce ne sont point des appartements somptueux, des lambris dorés que les femmes bien élevées attendent de la générosité de la Nation : c'est une espèce d'hôpital, auquel sans doute on ne donnera pas de titre répugnant, mais une Maison simple dont la propreté fera tout le luxe ».*

Pour financer ce vaste programme social, elle lance l'idée d'un impôt sur le luxe, *« ces goûts exquis qui s'en vont écrasant, renversant tout sur leur passage. Un bon impôt sur le luxe effréné! Ah! Combien l'humanité applaudirait celui-ci! »*

Elle en profite au passage pour prêcher plus d'austérité vestimentaire à ses sœurs :

« L'excès de luxe, que mon sexe porte aujourd'hui jusqu'à la frénésie, cessera à l'ouverture de la Caisse Patriotique : au lieu d'acheter dix chapeaux de différentes tournures, les femmes essentielles, quoique jolies

femmes, car la beauté n'exclut pas la raison et l'amour de son pays, ces femmes, dis-je, se contenteront d'un ou deux chapeaux de bon goût et l'excédent sera envoyé à cette Caisse. »

Toujours soucieuse d'efficacité, elle reproche aux Rédacteurs du *Journal de Paris* de ne pas avoir donné la publicité voulue à son projet et de trop compter sur la bienfaisance pour réduire les injustices :

« *Messieurs, vos journaux sont consacrés en général à la bienfaisance. Toutes les belles âmes s'adressent à vous pour secourir les infortunés : le plus grand nombre ne s'est pas encore présenté au public! Vos feuilles sont pleines des bienfaits des grands et des riches, en faveur des pauvres de la paroisse. Mais les riches et les grands n'habitent point les faubourgs Saint-Marcel, Saint-Antoine, Saint-Denis, Saint-Martin, etc., où les malheureux sont réduits à la plus affreuse indigence. Il serait donc à propos, Messieurs, d'insérer dans vos feuilles les Remarques que j'ai faites en faveur des pauvres des faubourgs, qui sont tous composés d'ouvriers sans travail, sans pain, sans feu, dans cette saison rigoureuse et meurtrière.*

Apprenez que ces Remarques Patriotiques étaient déjà imprimées le 12 décembre dernier, qu'elles avaient paru partout le 15 et qu'elles étaient parvenues aux yeux des Magistrats, des Princes, des Ministres et peut-être aux pieds du Trône. »

Reprochant au *Journal* de ne pas faire connaître à ses lecteurs la vraie misère, Olympe va se muer en journaliste pour leur décrire le sinistre Hospice de Saint-Denis :

« *Peut-on croire que sous les yeux du Monarque et du meilleur des Rois il existe un lieu privilégié, devenu depuis longtemps le tombeau de tous les pauvres? C'est dans cette boucherie qu'ils trouvent une mort lente et cruelle. Cet horrible séjour est l'affreux Dépôt de Saint-*

Denis. *Là on renferme indistinctement le paresseux avec l'ouvrier sans travail, le vieillard avec l'orphelin. Et s'ils résistent à la rigueur de leur sort, au bout de quelques mois on les renvoie de cet asile funeste, sans habits, sans pain, épuisés par un affreux traitement. Est-ce ainsi qu'on conserve l'espèce humaine? De quelle utilité ce Dépôt de Saint-Denis peut-il être à l'État?... Pour empêcher, dira-t-on, le nombre des mendiants, qui se multiplie par celui des paresseux? Dans ce cas, il faut les garder, établir l'émulation et leur donner une nourriture saine. Alors ce lieu deviendra l'asile des ouvriers sans travail, et forcera les paresseux à ne plus être des hommes oisifs, à charge à l'État. Il faut ou les envoyer aux travaux publics; ou bien, de ces hommes forts et robustes, créer une espèce de Milice.*

Voilà sur quel pied les mendiants devraient être arrêtés. Mais les renfermer quelque temps dans un séjour empoisonné et les éconduire ensuite, je pense que c'est augmenter le nombre des mendiants plutôt que de le diminuer. Si ce changement ne peut se faire, n'exercez donc cette rigueur que sur les hommes jeunes et paresseux, mais respectez les enfants et les vieillards. Ah! Combien les espions de Paris en ont arrachés du sein de leur famille pour obtenir l'horrible salaire qu'on leur accorde à chaque prise de mendiant! Je laisse au Gouvernement le soin d'examiner cette matière. Puissent les belles âmes contribuer à la destruction de cette maison, ou la changer en un Établissement utile à l'État et favorable à l'humanité. »

Le souci de la morale n'empêche d'ailleurs jamais Olympe de songer à l'aspect financier... et publicitaire de ses propositions. C'est ainsi qu'elle propose au *Journal* de faire éditer ses Remarques Patriotiques partiellement au profit des indigents :

« *Si mon édition monte à 3 000 livres, comme je l'espère, je voudrais adoucir la rigueur du sort de vingt-*

cinq de ces infortunés : c'est-à-dire treize vieillards qui auraient passé soixante ans, et douze enfants qui n'auraient pas atteint leur douzième année. Je voudrais encore qu'ils fussent choisis et préférés pour leur conduite. Alors on les habillerait uniformément, on leur distribuerait en argent le surplus de la somme et on placerait les enfants pour leur apprendre un métier. »

Au cours de la seule année 89, Olympe de Gouges publiera ou fera afficher plus de douze brochures, traitant des questions les plus variées et les plus inattendues ; elle y évoque la propreté des rues, la surveillance des viandes dans les villes, le célibat des prêtres (qu'elle déplore), ou le statut des enfants abandonnés et des bâtards, un sujet qui lui tiendra toujours à cœur, comme il sera un des soucis de Flora Tristan plus tard, cette autre « paria ».

Même si sa propre bâtardise ne lui a pas pesé vraiment — elle s'enorgueillira souvent d'être « la fille d'une tête couronnée de lauriers » —, elle cherchera toute sa vie à infléchir les lois concernant les enfants naturels, que leurs pères refusent de reconnaître, au nom de principes hypocrites qu'elle connaît bien puisqu'ils ont servi maintes fois à son propre père pour lui refuser toute aide.

« *J'avais des droits à la fortune et au nom d'un père célèbre. Je ne suis point, comme on l'a prétendu, la fille d'un roi* [il s'agit de Louis XV] *mais bien d'une tête couronnée de lauriers. Je suis la fille d'un homme célèbre tant par ses vertus que par ses talents littéraires. Il n'eut qu'une erreur dans sa vie, elle fut contre moi. Je n'en dirai pas davantage.* »

Elle plaide également en faveur du divorce, qui ne sera légalisé que deux ans plus tard, tout en se montrant très respectueuse de l'institution du mariage. Malgré son goût pour la liberté, Olympe est le contraire de la harpie sanguinaire et anarchiste que certains ont voulu voir en

Introduction 35

elle : face aux extrémistes de la Révolution, elle se montra toujours modérée.

« *Je n'insisterai pas sur le divorce que j'ai proposé, quoique d'après mon opinion, je pense qu'il est très nécessaire aux mœurs et à la liberté de l'homme. Mon plus cher intérêt est celui de la postérité. Cependant un préjugé d'opprobre prive les enfants naturels de tout concours aux places et aux rangs ordinaires de la société. Nous extirpons tous les abus, comment pourrions-nous laisser encore exister celui-là ? Ce préjugé me paraît d'autant plus absurde, ridicule, dénaturé que si un prince donne l'être à un enfant né du sein de la plus vile des femmes, il n'en sera pas moins gentilhomme... Mais ne touchons pas cependant aux droits du mariage de crainte d'ébranler l'ordre de la société. Ne cherchons qu'à effacer l'injustice... Donnons aux enfants naturels le même moyen de se distinguer par l'honneur et le mérite. Un bâtard peut joindre aux talents la qualité d'honnête-homme.* »

Pendant les premiers mois de la Révolution, Olympe va « inonder » les députés, la Cour et le public de ses pamphlets, brochures et pétitions, s'exposant sans hésiter au ridicule, voire à la violence. La presse en effet commente ses initiatives avec ironie, déployant tous les thèmes traditionnels d'une misogynie qui n'a guère changé malgré la Révolution. Olympe y réplique toujours avec humour :

« *Les Merveilleux de la Cour crièrent à l'audace et prétendirent qu'il valait mieux que je fisse l'amour que des livres. J'aurais pu les en croire... s'ils avaient été en mesure de me le persuader !* »

Ignorant encore que les persécutions politiques la conduiront à l'échafaud, elle se réjouit de ne plus vivre au temps des persécutions religieuses : « *Ce qui m'encourage dans mon action patriotique, c'est que l'athéisme m'assure que je n'ai point, comme Jeanne d'Arc, à redouter la sainte grillade. »*

Quelques écrivains ou hommes politiques, sans la prendre pour Jeanne d'Arc, commencent pourtant à apprécier son courage et ses idées. Charles Nodier s'étonne de l'énergie de ses improvisations et de la fécondité de sa pensée. Et Mirabeau déclare : « Nous devons à une ignorante de bien grandes découvertes. »

L'année 90 lui permet quelques espoirs. C'est une étape marquante pour le féminisme international.

En Angleterre, la pionnière britannique, Mary Woolestonecraft, publie *A Vindication of the Rights of Women,* bientôt traduit en France et qui devait être très lu en Amérique. Le manifeste, le premier du genre, avait d'ailleurs fait grand bruit en Angleterre, où il s'était heurté à une réprobation quasi générale, le public n'étant pas du tout mûr pour admettre une émancipation, même limitée, des femmes. Ce genre de revendication ne pouvait provenir que d'un monstre d'orgueil et d'impudeur, comme l'était la de Gouges, digne émule de la Woolestonecraft, qu'Horace Walpole avait surnommée « la hyène en jupons ».

En Allemagne, la même année, c'est Théodore Van Hippel qui publiait un *Essai sur l'amélioration du sort de la femme quant au droit de cité.*

En France, c'est Condorcet, le seul féministe de la Révolution, qui rendait public en juillet 1790 un manifeste historique *Sur l'admission des femmes au droit de cité.* Il y proposait des solutions si... révolutionnaires qu'elles scandalisèrent tous les députés de la Constituante, partisans de l'égalité... dans la différence et du suffrage universel... dans l'exclusion des femmes.

« Ou aucun individu de l'espèce humaine n'a de véritables droits ou tous ont les mêmes. Et celui qui vote contre les droits d'un autre, quels que soient sa religion, sa couleur ou son sexe, a déjà abjuré les siens. »

Bien qu'il eût écrit cette phrase admirable, Condorcet dut bientôt battre en retraite devant l'hostilité de ses collègues. Dans son *Projet sur l'Instruction publique* il n'osa même plus évoquer la question des femmes, ce qui ne l'empêchera pas d'être considéré comme un réformiste dangereusement libéral. Les Montagnards le condamneront à mort et il n'échappera à la guillotine qu'en se suicidant.

Il serait naïf de s'étonner que la Révolution française, si audacieuse dans bien des domaines, celui de la religion notamment, en soit restée à une conception si rétrograde de la femme et de son rôle dans la nouvelle société. L'histoire de toutes les révolutions l'illustre d'une manière désolante : même quand elles y ont activement participé, les femmes n'en ont jamais récolté les fruits et ont souvent fait les frais du retour à l'ordre et aux traditions.

En cette fin du XVIIIe, même les esprits les plus ouverts en France, Mirabeau, Talleyrand, Sieyès, n'envisageaient pour leurs compagnes qu'une place dérisoire dans le développement de la Nation. Sylvain Maréchal alla même jusqu'à proposer une loi leur interdisant d'apprendre à lire, « la Nature les ayant douées en compensation d'une prodigieuse aptitude à parler ». Il estimait, comme tant d'autres avant lui (et après lui), que « l'univers était leur ménage; et leur mari, toute l'espèce humaine ». Même le Girondin Brissot, si féru de droits égaux pour les Noirs, considérait que deux ou trois ans d'école maternelle suffisaient amplement à une petite fille.

Dans son *Discours sur l'Éducation,* Bernardin de Saint-Pierre lui aussi se ralliait à la grande tradition illustrée par Molière, Fénelon et Rousseau, selon laquelle « les filles ne doivent rien apprendre de ce que doivent savoir les hommes ». Mme de Staël elle-même, qui passait pour un esprit éclairé, rejoignait aussi le peloton masculin : « On a raison d'exclure les femmes des affaires publiques et civiles. Rien n'est plus opposé à leur vocation naturelle... »

Quant à Mme Roland, qui fut la seule femme influente de la Révolution, et qui tenait à le rester, elle se garda bien de formuler la moindre revendication en faveur de son sexe, préférant rassurer les hommes sans équivoque : « Nous ne voulons d'empire que par les cœurs et de trône que dans vos cœurs. » Elle n'en devait pas moins périr guillotinée elle aussi aux côtés de son mari. Elle n'avait à aucun moment soutenu Olympe de Gouges, pour des motifs dont elle ne faisait pas mystère : « Jamais je n'eus la plus légère tentation de devenir auteur un jour. Je vis de très bonne heure qu'une femme qui gagnait à ce titre perdait beaucoup plus qu'elle n'avait acquis. Les hommes ne l'aiment point et son sexe la critique. Si ses ouvrages sont mauvais, on se moque d'elle et l'on fait bien. S'ils sont bons, on les lui ôte. »

Il est curieux qu'une aussi belle lucidité n'ait entraîné aucune indulgence chez Mme Roland envers celles qui se révoltaient contre le sort qu'elle décrit si bien.

Dans ce contexte social, entre l'hostilité de principe des hommes et l'absence de solidarité des femmes, qui craignaient de déplaire à ceux dont elles dépendaient, on imagine combien la « Déclaration des Droits de la Femme », publiée en 1791, allait paraître déplacée, excessive et scandaleuse. Elle était propre à choquer tout le monde : le peuple, les législateurs et les femmes elles-mêmes, toutes classes confondues. Elle eut d'ailleurs peu d'écho, tant la cause des femmes paraissait alors absurde et contraire à la Nature et à la Raison dont se réclamaient sans cesse les révolutionnaires. Au mieux, on en fit un pastiche de la Déclaration des Droits de l'Homme; au pire, une pitrerie. Un certain nombre de Déclarations fantaisistes ou parodiques virent le jour, telles que « Griefs et Plaintes des Femmes mal-mariées », dont l'auteur était d'ailleurs un homme; ou « Les Droits des Poissardes des Halles ».

Le même phénomène s'était produit en Angleterre où deux auteurs anonymes avaient publié, en réponse au Manifeste de Mary Woolestonecraft, une « Défense des Droits des Animaux ». Les pays changent, les méthodes pour ridiculiser et tuer dans l'œuf les initiatives féminines restent partout les mêmes.

Mais la peur du ridicule n'avait jamais freiné Olympe de Gouges. Ni la timidité. Sa déclaration ne réclamait pas quelques droits pour quelques femmes mais TOUT le droit pour TOUTES les femmes. Qu'en est-il resté dans l'histoire? Peu de chose, sinon le souvenir d'une phrase demeurée à juste titre célèbre, mais que Michelet devait d'ailleurs attribuer à Sophie de Condorcet : « *Les femmes ont le droit de monter à l'échafaud. Elles doivent avoir également celui de monter à la tribune.* »

Ce droit à l'échafaud, Fouquier-Tinville allait généreusement le lui accorder deux ans plus tard. Mais pour accéder à la tribune, il faudra attendre encore cent cinquante ans.

Quant à Sophie de Condorcet, qui partageait les idées révolutionnaires de son mari et celles d'Olympe, c'est à Bonaparte qu'elle allait répondre par une boutade bien dans le style de Mme de Gouges. Au Premier consul qui lui indiquait qu'il n'aimait pas « les femmes qui se mêlent de politique », elle rétorqua : « Dans un pays où on leur coupe la tête, il est naturel qu'elles veuillent savoir pourquoi! »

La Déclaration des Droits de la Femme et de la Citoyenne s'inspirait bien sûr de celle des Droits de l'Homme de 89, mais elle allait beaucoup plus loin (p. 101). Ne se contentant pas de remplacer le mot Femme par le mot Homme, elle osait compléter les libertés civiles par les libertés individuelles, les deux étant à ses yeux inséparables. Attitude d'un modernisme inouï, si l'on songe que, deux siècles plus tard, ce problème reste encore au cœur de nos préoccupations. Bien avant Fourier, elle allait jusqu'à proposer une révision du mariage au profit d'un « Contrat social », sorte d'adultère légal qui préfigurait la reconnaissance par une loi récente du statut des concubins.

Elle réclamait également des secours pour les filles-mères et le droit à la recherche en paternité.

« *Toute citoyenne peut donc dire librement : je suis mère d'un enfant qui vous appartient, sans qu'un préjugé barbare la force à dissimuler la vérité.* »

Elle demandait également l'octroi d'une pension alimentaire en cas de divorce, mais aussi la reconnaissance par la société de la dignité des mères, mariées ou non. Olympe de Gouges a ainsi été l'une des premières à invoquer cette notion de dignité de l'être humain.

Elle souhaitait enfin que tous les enfants, légitimes ou non, aient un droit sur les biens hérités du père. Il faudra attendre là encore 1975 pour que ce souhait s'inscrive enfin dans la loi française.

Toutes ces audaces, dans une époque qui se voulait si vertueuse quant aux mœurs, allaient attirer beaucoup d'ennemis à la nommée Olympe de Gouges, qui se permettait en outre de donner son avis sur l'esclavage. Là encore elle se montrait la pionnière d'un féminisme qui allait, aux États-Unis, joindre les deux combats, celui des Noirs et celui des Femmes.

Dans le préambule de cette déclaration qui, à elle seule, mérite de lui assurer une place dans l'histoire, l'auteur fait preuve d'une tranquille arrogance, tant elle doute peu de la justesse de ses vues :

« *Homme, es-tu capable d'être juste? C'est une femme qui t'en fait la question. Tu ne lui ôteras pas du moins ce droit.*

Dis-moi? Qui t'a donné le souverain empire d'opprimer mon sexe? Ta force? Tes talents? Observe le Créa-

teur dans sa sagesse, parcours la Nature et donne-moi si tu peux un exemple de cet empire tyrannique. L'homme seul s'est fagoté un principe de cette exception. Boursouflé de sciences, il veut commander en despote sur un sexe qui a reçu toutes les facultés intellectuelles... et qui prétend jouir de la Révolution et réclamer ses droits à l'égalité, pour ne rien dire de plus...
Les mères, les filles, les sœurs, représentantes de la Nation, demandent à être constituées en Assemblée nationale. Considérant que l'ignorance, l'oubli ou le mépris des droits de la Femme sont les causes des malheurs publics, ont résolu d'exposer dans une déclaration solennelle les droits naturels, inaliénables et sacrés de la Femme. »

Suivent les dix-sept articles de ce texte qui aborde tous les sujets et qui est dédié à la Reine Marie-Antoinette, pour souligner le fait que toutes les femmes sont solidaires et ont des intérêts communs, dont le principal est « *l'exercice de leurs droits naturels, qui n'a de bornes que la tyrannie perpétuelle que l'Homme leur oppose* ».

Tous les citoyens et citoyennes étant égaux à ses yeux, doivent être « *également admissibles à toutes dignités, places et emplois publics... sans autre distinction que celle de leurs vertus et de leurs talents* ».

Cette égalité fondamentale doit bien sûr se retrouver en cas de délit, face à la loi, de même qu'elle implique la participation des femmes aux dépenses publiques, corvées et tâches pénibles.

On a souvent qualifié le style d'Olympe de Gouges d'amphigourique, naïf ou maladroit. La simple lecture de sa Déclaration montre au contraire qu'elle savait parfois allier le génie des formules à l'audace de la pensée sans jamais négliger l'aspect concret, avec un sens de la minutie qui fait parfois sourire.

Comparés à ces revendications incendiaires, exprimées en toute sérénité et sur un ton d'évidence, les autres manifestes féministes vont, longtemps encore, paraître maladroits ou timorés, sans pour cela recueillir davantage d'attention de la part des législateurs.

« L'appel aux Françaises », d'Etta Palm, qui restait pourtant d'une extrême modération, ne réclamant que quelques droits juridiques, va être jugé prématuré et outrecuidant. Il lui vaudra le surnom de « Démocrate outrée »!

Même réaction en 1789 aux discours de Claire Lacombe, surnommée, elle, « La Furie de Versailles » et accusée d'être « presque aussi cruelle que Théroigne de Méricourt », alors qu'il fut établi qu'aucune des deux n'avait participé aux journées d'émeute de Versailles.

Quant à la Déclaration des Droits de la Femme, elle tomba dans l'indifférence générale, en dehors de quelques réactions individuelles. Les hommes l'ignorèrent. Les femmes préférèrent garder un silence prudent. Militer aux côtés des Révolutionnaires et dans leur ombre paraissait aux plus audacieuses le maximum de ce qu'elles pouvaient faire. Tenter une deuxième révolution dans la révolution semblait dément et complètement chimérique. L'Histoire devait d'ailleurs leur donner tristement raison : c'est seulement en 1792 que la Législative, dans une de ses dernières séances, devait accorder l'égalité des droits civils aux femmes et légaliser le divorce. Une mesure qui répondait surtout aux vœux des femmes si l'on en juge par le nombre de divorces prononcés la première année à la demande des épouses : près des trois quarts des quatre mille demandes!

Il faut se souvenir que le droit coutumier de Paris ne prévoyait alors aucune exception au pouvoir absolu du mari. L'adultère féminin, même perpétré une seule fois, entraînait la mort civile : la coupable était rasée, condamnée à la réclusion perpétuelle et sa dot et ses revenus étaient acquis au mari, qui, lui, pouvait à tout moment, installer sa concubine au domicile conjugal.

Quant aux droits politiques, l'idée d'y laisser accéder le deuxième sexe fut bien évoquée par Robespierre à la Constituante, mais immédiatement repoussée à la quasi-unanimité. Un très petit nombre de femmes osèrent pendant ces quatre années se joindre à Olympe de Gouges pour dénoncer une oppression qui allait s'appesantir encore avec l'Empire et le Code Napoléon et enfermer les femmes dans le carcan de lois restrictives pendant plus d'un siècle. Elles furent quelques-unes pourtant à réclamer cette liberté dont dépendent toutes les autres : le droit à l'instruction. En 1792 Théroigne de Méricourt proclamait : « Il est temps que les femmes sortent de la honteuse nullité où l'ignorance, l'orgueil et l'injustice des hommes les tiennent asservies depuis longtemps. » Mais aucune n'osa parler d'égalité et Olympe déplora à plusieurs reprises l'absence totale de prise de conscience de ses sœurs :

« *Les femmes veulent être femmes et n'ont pas de plus grands ennemis qu'elles-mêmes. Rarement on voit les femmes applaudir à une belle action, à l'ouvrage d'une femme. Peu sont hommes par la façon de penser, mais il y en a quelques-unes et malheureusement le plus grand nombre des autres se joint impitoyablement au parti le plus fort... Il faudrait donc, mes très chères sœurs, être plus indulgentes entre nous pour nos défauts, nous les cacher mutuellement et tâcher de devenir plus conséquentes en faveur de notre sexe.* »

Comme Fourier le fera cinquante ans plus tard, elle aura la clairvoyance de lier la prospérité et le progrès d'une nation au développement des femmes et à leur degré de participation à la vie sociale et culturelle.

Mais il est trop tôt pour qu'elles aient appris à se regrouper, voire à se désolidariser des hommes, pour mener des luttes spécifiques.

D'ailleurs, passées les heures enthousiastes de l'insurrection glorieuse aux côtés des hommes, la plupart d'entre elles durent renoncer à toute action militante, sauf dans quelques clubs éphémères auxquels Olympe participera peu. Elle était avant tout une théoricienne et une individualiste. La proscription de tous ces clubs féminins n'allait d'ailleurs pas tarder, puisque la Convention, dès octobre 93, interdira tout rassemblement féminin. Le 4 Prairial au III il est décrété que « toutes les femmes se retireront jusqu'à ce qu'autrement soit ordonné dans leurs domiciles respectifs. Celles qui, une heure après l'affichage du présent décret, seront trouvées dans les rues au-dessus du nombre de cinq, seront dispersées par la force armée ».

Pour justifier l'interdiction des clubs le Conventionnel Amar rappellera que « l'homme est né fort, propre aux arts, intelligent, alors que les femmes, peu capables de conceptions hautes et de méditations sérieuses [1] », sont faites pour les soins du ménage et l'éducation des enfants.

Le député Lanjuinais avait d'ailleurs fait voter une disposition subtile qui permettait de condamner des femmes pour crimes politiques alors qu'elles étaient exclues de tout droit politique! Renvoyées à leur foyer, on leur interdit désormais d'assister aux débats des assemblées. C'est la grande défaite des femmes de la Révolution.

Cet étouffement de toute velléité de réflexion collective explique en partie le fait qu'Olympe de Gouges n'eut pas de descendance spirituelle et que personne ne défendit ses idées ni sa mémoire. Le saint-simonisme, mouvement qui reprit à son compte certaines thèses féministes, « oubliera » totalement le droit de vote ainsi que l'accès aux dignités et aux fonctions. Seules quelques isolées ramasseront le flambeau cent ans plus tard. Une

---

1. Cf. Paule-Marie Duhet, *Les Femmes dans la Révolution, 1789-1794*, Éd. Julliard, Coll. « Archives », Paris, 1979.

Hubertine Auclert, par exemple, ne faisait que mettre en pratique l'article VI de la Déclaration des Droits de la Femme quand elle lançait en 1880 sa fameuse proclamation : « Puisque je n'ai pas le droit de contrôler l'emploi de mon argent, je ne veux plus en donner. Je n'ai pas de droits, donc je n'ai pas de charges. » « Tout Français est imposable », lui répliqua le Préfet de la Seine. « Puisque Français ne signifie pas Française devant le droit, Française ne signifie pas Français devant l'impôt. Je ne vote pas! Je ne paie pas! »

Une polémique fracassante devait s'ensuivre qui passionnera l'opinion et qui conduira l'obstinée Hubertine Auclert jusqu'au conseil d'État, qui, bien entendu, lui donnera tort. Mais elle avait sensibilisé le public à une injustice notoire.

N'ayant aucun espoir de jouer un rôle officiel, Olympe voulait au moins participer aux manifestations publiques, ne serait-ce que pour « habituer ainsi le peuple au spectacle de citoyennes actives ». On dirait aujourd'hui : donner une nouvelle image de la femme. Elle réclamera le droit de défiler dans les cérémonies officielles, comme les affectionnait le régime.

Lors d'une émeute provoquée par le manque de grain à Étampes, le maire, Simonneau, avait été assassiné par une foule surexcitée. L'Assemblée nationale en mai 92 décida d'organiser des Funérailles nationales pour ce martyr de sa fonction et Olympe se présenta à la barre de l'Assemblée pour participer à cet hommage :

« *À l'exemple des Romaines, les dames françaises dans ce siècle de liberté, préparé par la philosophie et qui sera celui de toutes les vertus, veulent donner aux héros français les couronnes que leur décerne la Patrie... Ouvrez-nous, ouvrez-nous la barrière de l'honneur et nous vous montrerons le chemin de toutes les vertus.* »

Les députés ainsi que les journaux de l'époque furent

unanimes à saluer cette initiative. Seuls les Jacobins extrémistes s'indignèrent : « C'est la première fois qu'on a entendu des femmes s'exprimer ainsi en s'adressant à des hommes, surtout à des législateurs. » Et ils rappelèrent le principe qui avait si longtemps servi à assurer la suprématie masculine et à écarter les femmes de tout pouvoir : « Leur plus grand honneur consiste à cultiver en silence les vertus de leur sexe, sous le voile de la modestie et dans l'ombre de la retraite. Ce n'est pas aux femmes à montrer le chemin aux hommes. »

Le défilé féminin fut un succès. Pour lui donner l'éclat nécessaire, Olympe avait ouvert une souscription et invité Marie-Antoinette elle-même à financer la cérémonie. Ce que fit la Reine d'ailleurs, intriguée par la personnalité de cette audacieuse qui lui avait déjà dédié sa Déclaration des Droits de la Femme. Dans sa pièce *la France sauvée ou le Tyran détrôné,* Olympe évoquera avec humour et aussi avec sa naïveté habituelle une visite à la Cour et la leçon donnée à la méprisante Princesse de Lamballe (p. 160).

À la suite de cette prise de contact, il semble que des démarches aient été entreprises par des émissaires de la Reine pour proposer à Olympe de Gouges une pension ou une dignité qui auraient pu l'attacher secrètement à la cause royale. Mais contrairement à d'autres, plus célèbres et plus fortunés (Mirabeau ou Danton par exemple), Olympe repoussa toujours ces propositions.

Elle conduira également une Délégation de femmes à la Fête de la Loi où ses troupes défilèrent en robes blanches et couronnes de chêne, telles « un chœur de vierges nationales aussi extravagantes que ridicules », ironisa la presse jacobine.

L'abbé de Bouyon, lui, feignit la commisération : « Il ne faut pas vouloir de mal à une pauvre Mme de Gouges bien sotte, bien vieille, bien laide et bien folle... Cette

Introduction 47

pauvre femme est plus excusable que les hommes qui l'ont égarée. »

Un autre journaliste, après le défilé du 14 juillet organisé par le Député Pétion, faisait le commentaire suivant, prouvant qu'au moins Olympe avait réussi à attirer l'attention : « Mme de Gouges était à la Pétionade. Tous ses moyens de plaire étaient ornés de rubans tricolores... Elle marchait avec le groupe des vainqueurs de la Bastille et le parfum de son patriotisme se sentait à une lieue à la ronde ! »

Contrairement à ce que prétendront plus tard quelques biographes, Olympe était loin d'être devenue une femme grisonnante et fanée. On continuait d'ailleurs à lui attribuer de multiples succès, sous prétexte qu'elle fréquentait le Comédien Talma, les Girondins, Vergniaud surtout, qu'elle admirait passionnément, et le bel Hérault de Séchelles. Mais elle affirmait ne plus vibrer que pour la République :

« *Les prudes... m'ont donné des amants dans l'Assemblée Constituante, Législative et jusqu'à la Convention. Certes, je peux avoir fait quelques conquêtes mais je déclare qu'aucun législateur n'a fait la mienne. C'est sans me parer d'une haute vertu que je crois pouvoir en convenir hautement : je ne vois pas qu'il y ait d'homme digne de moi...* »

Sans le moindre souci de prudence (ni de modestie), Olympe va continuer à s'afficher et les attaques contre elle vont bientôt passer de la dérision aux insultes.

En août 1792, la Révolution a pris un virage. Le 10, c'est la chute de la Monarchie et, dès la fin du mois, l'invention du Dr Guillotin entre en action.

Malgré l'hostilité des Girondins, en décembre 1792 s'est ouvert le procès de Louis XVI et une nouvelle fois, Olympe n'a pas hésité à braver l'opinion : elle a envoyé à l'Assemblée un Manifeste contre la peine de mort et s'est proposée, dans une de ces démarches folles qui étaient bien dans sa nature, comme défenseur du Roi! Son manifeste « en faveur du monstre couronné », lu en séance par un secrétaire de l'Assemblée, soulèvera un tonnerre de protestations.

« *Citoyen Président*

L'univers a les yeux fixés sur le procès du dernier Roi des Français... Je m'offre, après le courageux Malesherbes, pour être le défenseur de Louis. Laissons à part mon sexe : l'héroïsme et la générosité sont aussi le partage des femmes et la Révolution en offre plus d'un exemple... Je crois Louis fautif comme Roi; mais dépouillé de ce titre proscrit, il cesse d'être coupable aux yeux de la République. Il fut faible, il fut trompé, il nous a trompés, il s'est trompé lui-même. En deux mots, voilà son procès.

Louis le dernier est-il plus dangereux à la République que ses frères, que son fils? Ses frères sont encore coalisés avec les puissances étrangères. Le fils de Louis Capet est innocent et il survivra à son père...

Il ne suffit pas de faire tomber la tête d'un roi pour le tuer, il vit encore longtemps après sa mort. Mais il est mort véritablement quand il survit à sa chute. »

Non-violente, Olympe avait déjà mis en garde ses concitoyens contre les excès de la répression, résumés dans une de ces formules dont elle avait parfois le secret :

« *Le sang, même celui des coupables, versé avec cruauté et profusion, souille éternellement les révolutions.* »

Avec un véritable sens politique, elle avait également protesté contre l'erreur de l'Assemblée législative qui s'obstinait à maintenir une royauté dégradée : « *L'Assemblée avilissait les tyrans et les conservait! D'où un gouvernement monstrueux.* »

Cette modération, ce refus de la peine de mort vont d'ailleurs être retenus contre elle lors de son procès et contribueront à la faire condamner.

Introduction

En attendant, on l'insulte pour « royalisme ». Et des insultes, on passe à la violence. Un soir, la foule s'amasse sous ses fenêtres pour la huer. Et là, anecdote typique de son caractère, au lieu de rester cachée elle descend dans la rue pour faire face. On lui crie qu'elle « ferait mieux de tricoter des pantalons pour les sans-culottes »; on l'injurie, un homme lui arrache à moitié sa robe, fait voler son voile et la prend aux cheveux :
« À 24 sols, la tête de Mme de Gouges. Qui en veut ? 24 sols ! »
Et Olympe, véritablement... olympienne, répond calmement :
« Mon ami, j'y mets une pièce de 30 sous et je vous demande la préférence. »
Elle mit les rieurs de son côté et l'échappa belle pour cette fois.

Une semaine avant l'exécution de Louis XVI, le 23 janvier, on jouait au Théâtre de la République une nouvelle pièce patriotique d'Olympe de Gouges : *l'Entrée de Dumouriez à Bruxelles,* avec défilés, proclamations et apothéose sur scène. La pièce, adressée aux journaux et à la Convention, recueillit quelques articles enthousiastes. *Le Journal de Paris* alla jusqu'à déclarer : « *L'Entrée de Dumouriez à Bruxelles* est une nouvelle preuve de la haine que l'auteur porte aux tyrans... Elle est à la Shakespeare... Ceux qui ont lu le théâtre anglais trouveront plus d'un trait de ressemblance entre Olympe de Gouges et son modèle. On doit encore des éloges à une pièce conçue et exécutée en quatre jours par une femme, dans le dessein de produire la révolution de la Belgique et celle de tous les peuples encore à régénérer. »

Mais Olympe joue de malchance : un mois plus tard, son héros, Dumouriez, trahissait; les armées de la République étaient battues sur le Rhin ainsi qu'en Belgique et c'était l'insurrection de la Vendée. Enfin les amis d'Olympe étaient mis en minorité : le comité insurrectionnel réclamait l'arrestation de vingt-sept députés girondins. Olympe, qui est tous les jours dans les tribunes, brûle d'intervenir pour défendre ses amis. Mais il n'est plus permis aux femmes que d'applaudir ou de huer! Alors elle multiplie les affichages dans Paris, ce qui lui attire la colère des Montagnards. Ils décident de la « corriger », et lui tendent un guet-apens pour la déculotter et la fesser en public. C'était une pratique assez courante appliquée aux femmes : deux mois plus tard, c'est Théroigne de Méricourt qui sera fessée dans la rue, au milieu des rires et des applaudissements. Elle en perdra d'ailleurs la raison et sera enfermée à la Salpêtrière où elle finira ses jours dans la folie, dix ans plus tard.

Olympe, elle, échappe de justesse à ses poursuivants armés de gourdins en s'enfuyant par une arrière-boutique. Elle réussit à faire arrêter le meneur par des gardes nationaux, mais il sera relâché aussitôt.

Cet incident ne tempère par ses ardeurs puisqu'elle publie ses Œuvres politiques complètes puis son *Testament politique* où, avec un courage suicidaire, elle prend une nouvelle fois la défense de ses amis arrêtés ou proscrits. « *J'ai tout prévu, écrit-elle, je sais que ma mort est inévitable.* » Cette perspective ne semble d'ailleurs pas l'impressionner, et elle se prépare au pire, avec panache, comme d'habitude.

« *Je lègue mon cœur à la Patrie, ma probité aux hommes, ils en ont besoin. Mon âme aux femmes, je ne leur fais pas un don indifférent; mon génie créateur aux auteurs dramatiques, il ne leur sera pas inutile, surtout ma logique théâtrale au fameux Chénier; mon désintéressement aux ambitieux, ma philosophie aux persécutés, ma religion aux athées, ma gaieté franche aux femmes sur le retour. Et tous les débris qui me restent d'une fortune honnête à mon héritier naturel, à mon fils, s'il me survit.* »

Introduction 51

Comme pour aggraver son cas, elle avait quelques mois plus tôt pris violemment position contre Robespierre et Marat, artisans de la Terreur, dans une affiche placardée dans tout Paris et signée POLYME, anagramme d'Olympe :
« *Tu te dis l'unique auteur de la Révolution, Robespierre! Tu n'en fus, tu n'en es, tu n'en seras éternellement que l'opprobre et l'exécration... Chacun de tes cheveux porte un crime... Que veux-tu? Que prétends-tu? De qui veux-tu te venger? De quel sang as-tu soif encore? De celui du peuple?*
... Tu voudrais assassiner Louis le dernier pour l'empêcher d'être jugé légalement. Tu voudrais assassiner Pétion, Roland, Vergniaud, Condorcet, Louvet, Brissot, Lasource, Guadet, Gensonné, Hérault de Séchelles, en un mot tous les flambeaux de la République... »

Elle ne croyait pas si bien dire : tous les Girondins qu'elle citait seront guillotinés dans l'année, à l'exception de Louvet.

La situation devenant intenable, Olympe songe pour la première fois à prendre un peu de distance avec les événements. Voulant satisfaire enfin son amour rousseauiste de la Nature, elle s'achète une petite maison en Touraine; mais elle n'aura jamais le bonheur d'en profiter car, incorrigible, elle prépare, avant de partir, une nouvelle affiche, « Les trois urnes ou le salut de la Patrie », qui cette fois lui vaudra la mort. Elle y adjure les Représentants du Peuple de mettre fin à leurs dissensions : « *Les aristocrates s'applaudissent de vos divisions. J'ai entendu de mes propres oreilles dans un corridor de spectacle : " Nos affaires vont bien, les coquins de la Convention Nationale ne s'entendent plus. Notre triomphe est certain!"* » Elle réclamait surtout que chaque département puisse choisir son mode de gouvernement et se déclarait pour sa part en faveur d'un gouvernement fédératif.

Avant même qu'elle ait eu le temps de faire placarder son affiche, dénoncée par l'imprimeur, elle est arrêtée en juillet 1793, mise au secret sur ordre du Comité de Salut public et enfermée dans un réduit, avec un gendarme qui ne la quitte ni jour ni nuit. On perquisitionne chez elle et comme on ne trouve rien, c'est Olympe elle-même qui indique son bureau, deux étages plus haut, persuadée que ses écrits vont plaider pour elle. Mais Robespierre a décidé de la faire taire une fois pour toutes.

Elle passe trois mois à la prison de l'Abbaye, à Saint-Germain-des-Prés, dans des conditions très dures. Au cours d'un interrogatoire, Fouquier-Tinville lui déclare que depuis le 29 mars précédent, une loi punit de mort quiconque tend par ses écrits à proposer un gouvernement autre que l'État Un et Indivisible. Or, dans *les Trois Urnes,* Olympe prônait l'idée girondine d'une décentralisation.

Elle choisit pour avocat Tronson-Ducoudray qui s'était proposé quelques mois plus tôt pour défendre Louis XVI. Elle fait appel à ses amis, à l'opinion. Personne n'ose lui venir en aide. Ses amis sont morts ou en fuite et son fils, pour ne pas compromettre sa carrière militaire (il vient d'obtenir le grade de chef de brigade), la renie. Elle est blessée, à la suite d'une chute, mais on lui refuse les soins nécessaires. Elle réussit cependant à faire sortir une affiche dénonçant les conditions honteuses de sa détention et de son arrestation, « *tyrannique et attentatoire à la Déclaration des Droits de l'Homme* », puisque « *la liberté des opinions est le plus précieux patrimoine des citoyens* ».

Elle est alors transférée dans une « pension de santé » et reprend courage. Mais, comme à la célèbre pension Belhomme, où les détenus les plus riches tentent de se faire oublier de Fouquier-Tinville, les prix de journée sont exorbitants. Malgré le sacrifice de ses bijoux, Olympe

Introduction

sait qu'elle ne pourra y demeurer longtemps. Optimiste jusqu'à l'aveuglement, elle écrira plus tard à son fils : « *J'ai été libre comme chez moi. J'aurais pu m'évader... Mais convaincue que toute la malveillance réunie pour me perdre ne pourrait parvenir à me reprocher une seule démarche contre la Révolution, j'ai demandé moi-même mon jugement...* »

Effectivement, le 28, Fouquier-Tinville fait transférer « la femme Degouge » dans cette antichambre de la mort qu'était la Conciergerie. Marie-Antoinette vient d'être guillotinée ; 21 Girondins le seront à sa suite. Le 2 novembre, malade, épuisée, elle comparaît devant un tribunal dont le Président est Herman, un fidèle de Robespierre. Elle réclame son avocat, mais on le lui refuse. « Vous avez bien assez d'esprit pour vous défendre toute seule ! » Elle sent, elle, qu'elle n'aura pas dans cette circonstance dramatique « *l'art de parler au public... Semblable à Jean-Jacques, ainsi que par ses vertus, je sentis toute mon insuffisance* ».

Elle décline son nom, son âge, et elle a encore la coquetterie de se rajeunir. Elle annonce trente-neuf ans alors qu'elle en a quarante-cinq !

Et puis c'est l'acte d'accusation qu'elle écoutera, disent les témoins, « avec assurance et dignité ».

« Antoine, Quentin, Fouquier-Tinville, Accusateur public du tribunal extraordinaire établi à Paris par décret de la Convention du 10 mars 1793, l'an deuxième de la République, a ordonné que Marie Olympe de Gouges, veuve Aubry, prévenue d'avoir composé un ouvrage contraire au vœu manifesté par la Nation entière et attentatoire aux lois, serait traduite en la Maison d'arrêt dite l'Abbaye.

... De l'examen des pièces et de l'interrogatoire de la prévenue, il résulte que, contre le vœu manifesté par la majorité des Français et au mépris des lois portées contre quiconque proposerait une autre forme de gouvernement,

Olympe de Gouges a composé et fait imprimer des ouvrages auxquels devait se refuser toute plume patriotique et qui ne peuvent être considérés que comme attentatoires à la souveraineté du peuple.

Que l'auteur de cet ouvrage provoque ouvertement la guerre civile et cherche à armer les citoyens les uns contre les autres.

Que l'on ne peut se tromper sur les intentions perfides de cette femme, lorsqu'on la voit dans tous ses ouvrages verser le fiel à longs traits sur les plus chauds amis du peuple, sur ses plus intrépides défenseurs.

Qu'enfin on ne peut voir dans l'ouvrage en question qu'une provocation au rétablissement de la royauté de la part d'une femme qui dans l'un de ses écrits avoue que la monarchie lui paraît le gouvernement le plus propre à l'esprit français...

D'après l'exposé ci-dessus, l'accusateur public a dressé la présente accusation contre Marie Gouze pour avoir méchamment et à dessein composé des écrits attentatoires à la souveraineté du peuple et au Gouvernement républicain Un et Indivisible. D'avoir fait distribuer quelques exemplaires de cet ouvrage intitulé *les Trois Urnes ou le Salut de la Patrie* et de n'avoir été arrêtée dans la distribution... que par sa prompte arrestation. D'avoir adressé cet ouvrage à son fils, employé dans l'armée de la Vendée comme officier de l'état-major. D'avoir dans d'autres ouvrages notamment *la France sauvée ou le Tyran détrôné*... cherché à avilir les autorités constituées et calomnié les défenseurs du peuple et de la liberté... »

À cet acte d'accusation, elle devra répondre seule puisque son avocat a refusé de se charger de sa cause, et là encore, ce n'est pas la prudence qui la guide :

« *Tribunal redoutable devant lequel frémit le crime et l'innocence même, j'invoque ta rigueur si je suis coupable mais écoute la vérité :*

Introduction

L'ignorance et la mauvaise foi sont enfin parvenues à me traduire devant toi : je ne cherchais pas cet éclat. Contente d'avoir servi dans l'obscurité la cause du peuple, j'attendais avec modestie et fierté une couronne distinguée que seule la postérité peut donner à ceux qui ont bien mérité de la patrie.

... Ennemie des intrigues, loin des systèmes, des partis qui ont divisé la France..., je n'ai vu que d'après mes yeux, je n'ai servi mon pays que d'après mon âme. J'ai bravé les sots, j'ai frondé les méchants et j'ai sacrifié ma fortune entière à la Révolution.

Robespierre m'a toujours paru un ambitieux sans génie, sans âme. Je l'ai toujours vu prêt à sacrifier la nation entière pour parvenir à la dictature. Je n'ai pu supporter cette ambition folle et sanguinaire et je l'ai poursuivi comme j'ai poursuivi les tyrans.

Les Français sans doute n'ont pas oublié ce que j'ai fait de grand et d'utile pour la patrie. J'ai vu depuis longtemps le péril imminent qui la menace et j'ai voulu par un nouvel effort la servir. Le projet des Trois Urnes *m'a paru le seul moyen de la sauver et ce projet est le prétexte de ma détention. Depuis un mois, je suis aux fers; j'étais déjà jugée avant d'être envoyée au Tribunal Révolutionnaire par le sanhédrin de Robespierre qui avait décidé que dans huit jours, je serais guillotinée. Mon innocence, mon énergie et l'atrocité de ma détention ont fait faire sans doute à ce conciliabule de sang de nouvelles reflexions. Il a senti qu'il n'était pas aisé d'inculper un être tel que moi et qu'il lui sera difficile de se laver d'un semblable attentat : il a trouvé plus naturel de me faire passer pour folle. Folle ou raisonnable, je n'ai jamais cessé de faire le bien de mon pays.*

Et toi, mon fils, de qui j'ignore la destinée, viens en vrai Républicain te joindre à une mère qui t'honore; frémis du traitement inique qu'on lui fait éprouver. Si tu n'es pas tombé sous les coups de l'ennemi, si le sort te conserve pour essuyer mes larmes, viens demander la loi du Talion contre les persécuteurs de ta mère. »

Elle ne se trompait pas sur un seul point : son arrêt de mort était déjà signé. On le lui signifiera en quelques mots :

« Étant donné qu'on n'entend pas sans la plus violente indignation Marie Gouze, Veuve Aubry, dire à des hommes qui depuis quatre ans n'ont cessé de faire les plus grands sacrifices, qui ont renversé le 10 août 1792 et le trône et le tyran, qui ont su braver les armées et déjouer les intrigues du despote... que Louis Capet règne encore parmi eux... Pour ces motifs, le Tribunal condamne ladite Marie Gouze, veuve de Louis Aubry, à la peine de mort, conformément à l'article I de la loi du 29 mars dernier, lequel est ainsi conçu : quiconque sera convaincu d'avoir composé ou imprimé des écrits qui provoquent la dissolution de la représentation nationale, le rétablissement de la royauté ou de tout autre pouvoir attentatoire à la souveraineté du peuple, sera puni de mort.

Déclare les biens de ladite Marie Gouze acquis à la République. »

Prête à mourir, Olympe tentera cependant une dernière manœuvre : en prison, elle s'est trouvée dans la même cellule qu'une certaine Stéphanie de Kolly, condamnée à mort trois mois plus tôt, mais qui s'est déclarée enceinte pour repousser son exécution. Ayant mené une vie assez libre à la pension de Santé, elle croit pouvoir déclarer au tribunal : « *Mes ennemis n'auront pas la gloire de voir couler mon sang. Je suis enceinte et donnerai à la République un citoyen ou une citoyenne.* »

Tonnerre de rires, même chez les juges. L'examen gynécologique, pratiqué le jour même, ne conclut ni pour ni contre : la grossesse serait trop récente.

En conséquence, et bien qu'elle eût retourné par son esprit et son courage une partie de l'auditoire, le tribunal confirma la peine de mort. On lui laissa tout juste le

Introduction 57

temps d'écrire une dernière lettre à son fils, qui s'était bien gardé de se manifester, en ces circonstances délicates...
« *Je meurs, mon cher fils, victime de mon idolâtrie pour la patrie et pour le peuple. Ses ennemis, sous le spécieux masque du républicanisme, m'ont conduite sûrement à l'échafaud.*
... Pouvais-je croire que des tigres enragés seraient juges eux-mêmes contre les lois, contre même ce public assemblé qui bientôt leur reprochera ma mort? Dès l'instant de la signification de cet acte, la loi me donnait le droit de voir mes défenseurs et toutes les personnes de ma connaissance. On m'a tout intercepté! J'étais comme en terre, ne pouvant pas même parvenir à parler au concierge. La loi me donnait aussi le droit de choisir mes jurés : on me signifia la liste à minuit et le lendemain à 7 heures on me fait descendre au tribunal malade et faible et n'ayant pas l'art de parler au public. Je demandai le défenseur que j'avais choisi... on me dit qu'il n'y est pas ou qu'il ne voulait pas se charger de ma cause. J'en demande un autre à son défaut, on me dit que j'ai assez d'orgueil pour défendre mes amis, que sans doute j'en avais de reste pour défendre mon innocence qui parlait aux yeux de tous les assistants. Je n'y mis pas ce qu'un défenseur aurait mis pour moi.
Tu sais les services et bienfaits que j'ai rendus au peuple. Vingt fois j'ai fait pâlir mes bourreaux, ne sachant que me répondre à chaque phrase qui caractérisait mon innocence contre leur mauvaise foi.
Je meurs mon fils, mon cher fils, je meurs impuissante. On a violé toutes les lois pour la femme la plus vertueuse de son siècle.
Rappelle-toi de mes prédications. Je laisse ma montre à ta femme ainsi que la reconnaissance de mes bijoux au Mont de Piété...
Adieu, mon fils, je ne vivrai plus quand tu recevras

cette lettre. Tu répareras l'injustice que l'on fait à ta mère. »

Le lendemain, 3 novembre, elle monte dans la charrette des condamnés et c'est alors l'interminable trajet vers la place de la Révolution où s'élève la gigantesque statue de la Liberté. Olympe, selon l'usage, a les bras liés derrière le dos, le col échancré et les cheveux tondus pour ne pas gêner le passage du couperet. Elle est épuisée par sa longue détention mais elle fait face à la foule amassée dans les rues étroites pour la regarder passer. Un dramaturge, Arnault, qui l'a observée de sa fenêtre, écrit « qu'elle était aussi belle et courageuse que Charlotte Corday ». Depuis Marie-Antoinette, quinze jours plus tôt, il n'y avait pas eu de femme guillotinée. Cinq jours plus tard ce sera le tour de Mme Roland qui prononcera avant de mourir sa phrase fameuse : « Liberté, liberté, que de crimes on commet en ton nom ! »

Le long du trajet on dit que la condamnée s'adressa à la foule une dernière fois pour protester de son innocence et rappeler son idéal politique. Plus tard, du haut de l'échafaud, toujours confiante en l'humanité, elle criera aux badauds, toujours nombreux à se régaler de ce genre de spectacle :

« *Enfants de la Patrie, vous vengerez ma mort.* »

Quand sa tête tomba, quelques applaudissements se firent entendre mais dans l'ensemble on reconnut que, pour une femme, Olympe de Gouges avait reçu la mort avec fermeté.

C'est avec fermeté aussi que la presse et les hommes politiques vont s'employer avec un zèle unanime à occulter l'aspect positif de l'œuvre d'Olympe et à la faire passer pour une exaltée dont il serait dangereux de suivre l'exemple.

En guise d'oraison funèbre, au lendemain de l'exécution, la Feuille de Salut public se contentait de rappeler les femmes à leurs devoirs :

Introduction

« Femmes, voulez-vous être Républicaines ? Aimez, suivez et enseignez les lois qui rappellent vos époux et vos enfants à l'exercice de leurs droits. Soyez glorieuses des actions éclatantes qu'ils pourront compter en faveur de la patrie. Soyez simples dans votre mise, laborieuses dans votre ménage. Ne suivez jamais les assemblées populaires avec le désir d'y parler. »

Le même jour, le procureur Chaumette rabrouait à la Commune une délégation de Républicaines en bonnets rouges :

« Rappelez-vous cette femme hautaine, la Roland, qui se crut propre à gouverner la République et qui courut à sa perte...

Rappelez-vous cette virago, cette femme-homme, l'impudente Olympe de Gouges, qui abandonna tous les soins de son ménage, voulut politiquer et commit des crimes... Cet oubli des vertus de son sexe l'a conduite à l'échafaud.

Tous ces êtres immoraux ont été anéantis sous le fer vengeur des lois. Et vous voudriez les imiter ? Non ! Vous sentirez que vous ne serez vraiment intéressantes et dignes d'estime que lorsque vous serez ce que la Nature a voulu que vous fussiez. Nous voulons que les femmes soient respectées, c'est pourquoi nous les forcerons à se respecter elles-mêmes. »

Enfin *le Moniteur Universel,* ne se souciant ni des opinions ni des personnalités, vouait en bloc à l'opprobre du peuple les trois dernières guillotinées... qui n'avaient en commun que le fait d'être femmes !

« En peu de temps le tribunal révolutionnaire vient de donner aux femmes un grand exemple qui ne sera sans doute pas perdu pour elles : car la justice, toujours impartiale, place sans cesse la leçon à côté de la sévérité.

Marie-Antoinette, élevée dans une Cour perfide et ambitieuse, apporta en France les vices de sa famille. Elle sacrifia son époux, ses enfants et le pays qui l'avait adoptée aux vues ambitieuses de la Maison d'Autriche... Elle fut mauvaise mère, épouse débauchée... et son nom sera à jamais en horreur à la postérité.

Olympe de Gouges, née avec une imagination exaltée, prit son délire pour une inspiration de la nature. Elle voulut être homme d'État et il semble que la loi ait puni cette conspiratrice d'avoir oublié les vertus qui conviennent à son sexe.

La femme Roland, bel esprit à grands projets, philosophe à petits billets, reine d'un moment, entourée d'écrivains mercenaires à qui elle donnait des soupers... fut un monstre sous tous les rapports. Sa contenance dédaigneuse envers le peuple et les juges choisis par lui, l'opiniâtreté orgueilleuse de ses réponses, sa gaieté ironique et cette fermeté dont elle faisait parade, dans son trajet du Palais de Justice à la place de la Révolution, prouvent qu'aucun souvenir douloureux ne l'occupait. Cependant elle était mère mais elle avait sacrifié la nature en voulant s'élever au-dessus d'elle; le désir d'être savante la conduisit à l'oubli des vertus de son sexe, et cet oubli, toujours dangereux, finit par la faire périr sur l'échafaud. »

Comment démontrer plus clairement que le courage, la dignité devant la mort et même la gaieté deviennent des défauts chez une femme dès lors qu'elle les exerce en dehors de son foyer? En fait, le crime inexpiable et qui justifiait la mort, c'était de « politiquer ».

Choderlos de Laclos avait écrit qu'il n'y aurait pas de véritable révolution sans que les femmes s'en mêlent et que le changement de la société dépendrait de leur courage.

Apparemment tout leur courage n'avait pas suffi. Les femmes s'étaient mêlées de politique, elles l'avaient payé au prix fort et les quelques avantages qu'elles avaient obtenus leur furent bientôt retirés, et pour longtemps.

Introduction

Par leur révolte et par leurs luttes communes pour la première fois de l'histoire, elles auront pourtant constitué l'armature du féminisme moderne, même si les historiens ou les chroniqueurs du temps les ignorèrent, ou réduisirent leur participation à l'anecdote ou au scandale.

Au XIXe siècle, Nodier classa Olympe parmi « les enragées de la Révolution » et c'est l'opinion qui prévalut. Georges-Lenôtre ne cita pas une seule fois son nom dans les innombrables pages qu'il a consacrées à cette période de notre histoire. Michelet fut sans doute le seul à souligner l'important rôle des femmes, en tant que groupe, dans un bouleversement social. Même Chateaubriand les décrivit comme des grenadiers femelles, des « tricoteuses qui criaient toutes à la fois, leurs chausses à la main et l'écume à la bouche ». C'était également l'opinion de Monselet et de Dubroca. L'intrusion des femmes dans la vie politique ne pouvait s'accompagner à leurs yeux que de laideur, de violence et de grossièreté.

Au siècle suivant, loin de se montrer moins partiale, l'opinion va encore se durcir : la médecine, la psychologie et la psychiatrie vont en effet apporter du renfort aux écrivains et aux hommes politiques en démontrant que l'ambition chez elles n'est qu'une manifestation névrotique qu'il convient de soigner.

Dans une étude consacrée aux « Femmes de la Révolution », le Dr Guillois, du service de santé militaire, publiait, en 1904, une analyse du cas Olympe de Gouges, considérée *a priori* comme une malade mentale.

« Rien n'est plus naturel, estimait ce médecin, que d'étudier comme un spécimen, avec ses tares physiques ou psychiques, une de celles qui ont tenu parmi ses semblables une place aussi considérable qu'intéressante. »

La Révolution développant selon lui chez les femmes des qualités qui sont plutôt le propre de l'homme, elles tombent dans le domaine de la pathologie. Leurs conduites anormales relèvent d'ailleurs d'une « maladie bien connue : l'hystérisme révolutionnaire », déjà décrit par Taine à propos de Théroigne de Méricourt et de Charlotte Corday, et par le psychiatre Krafft-Ebing dans son ouvrage sur la criminologie.

Le Dr Guillois reconnaissait à Olympe du courage et de l'imagination, mais « gâchés par un désir d'originalité excessive, des idées féministes bizarres et une vanité démente », signe évident d'un dérèglement des organes féminins. Olympe « aurait présenté dès la puberté un instinct sexuel anormalement développé et se serait plainte souvent de troubles lors de ses règles, qui étaient très abondantes » ! Enfin, il signale un autre symptôme inquiétant : « Elle prenait journellement des bains de pieds ou des bains de corps, ce qui dénote un narcissisme anormal. »

Quant au sens moral, elle « en manquait complètement et la vertu n'était pour elle qu'un vain mot ». La preuve en est qu'elle refusa toujours de se remarier !

La malheureuse l'aurait-elle pu d'ailleurs, puisqu'elle « fut fanée avant l'heure, ses charmes ayant diminué d'autant plus rapidement qu'elle en avait abusé » ?

Ce faisceau d'observations scientifiques conduisait le Dr Guillois à formuler un diagnostic digne du Dr Diafoirus : « Olympe de Gouges peut être classée parmi les personnalités délirantes, atteintes de *paranoia reformatoria*. » (C'est-à-dire « folie réformatrice », précisait-il pour ceux des lecteurs qui n'auraient pas saisi que le désir de changement chez une femme est, en soi, une maladie.)

Mais tout le monde l'avait saisi. Depuis longtemps. Y compris les auteurs de la Déclaration des Droits de l'Homme. Il n'était pas question dans leur esprit que les notions de liberté ou d'égalité s'appliquassent à la mauvaise moitié du genre humain.

Il n'était pas question non plus que cette moitié-là exprimât d'autres vœux que ceux que les législateurs dans leur sagesse formaient pour elles.

Il n'était pas question enfin de leur laisser une place dans l'Histoire de France où elles n'avaient rien à faire, on le leur prouva.

C'est ainsi qu'on ne saura jamais rien, ou presque rien, d'une Théroigne de Méricourt, d'une Claire Lacombe, des Sœurs Fernig qui se battirent dans les armées de la République, d'une Anne Quatresols qui s'engagea à seize ans et conduisit des chevaux d'artillerie aux sièges de Liège et d'Aix-la-Chapelle, ou d'une Madeleine Petitjean qui s'enrôla à quarante-neuf ans dans l'Armée de l'Ouest, après avoir perdu quinze enfants [1]. Elles ont été oubliées par les chroniqueurs et n'ont pas laissé de témoignage écrit. On ne saurait en dire autant d'Olympe de Gouges, heureusement pour sa mémoire.

Si désordonnées, naïves ou excessives que nous apparaissent parfois les pages qu'elle nous a laissées, elles témoignent en tout cas en faveur d'une femme qui a pressenti ou défendu toutes les causes généreuses de son époque et qui a eu l'audace de changer un mot, un seul, à l'article I de la Déclaration des Droits de l'Homme : « Toutes les *Femmes* naissent libres et égales en droits. » Ce seul mot était un défi lancé aux hommes. Il procédait d'une idée si dérangeante, si novatrice, si révolutionnaire en un mot, qu'il menaçait l'équilibre de la famille et celui de la société. Il justifiait aux yeux de la majorité de ses contemporains qu'Olympe fût condamnée au ridicule, à la violence, puis à la mort, et qu'elle laissât à la postérité le souvenir d'une irresponsable.

---

1. Cité par Paule-Marie Duhet dans *Les Femmes et la Révolution, 1789-1794, op. cit.*

Ces belles viragos, ces courageuses mégères, ces ardentes combattantes d'un féminisme qui ne savait pas encore dire son nom, méritaient bien qu'on leur rende justice et que leurs actions, leurs paroles ou leurs œuvres témoignent enfin en leur faveur.

Benoîte Groult

Portrait d'Olympe de Gouges, dans un médaillon, par Pierre Vidal. (*XIXe siècle*)

PROJET
DE L'IMPOT PATRIOTIQUE,
donné par Mad.ᵉ de Gouges, dans le mois de Sept.ʳᵉ
1788.

Frontispice de la "lettre au peuple" ou "projet d'une caisse patriotique", publiée par le Journal Général de France, le 6 novembre 1788. Gravure de Frussolte, dessinée par Desrais. (*Bibliothèque Nationale, collection Hennin*)

Visite à l'hôpital de Nantes. (*Bibliothèque Nationale*) Olympe de Gouges en 1789 recommanda la création d'une maternité : "C'est une espèce d'hôpital, auquel sans doute on ne donnera pas de titre répugnant, mais une Maison simple dont la propreté fera tout le luxe."

*En Liberté comme toi
la République franç. d'accord avec la Nature
l'ont voulu: ne suis-je pas ta Sœur?*

Gravure éditée par François Bonneville. (*XVIIIe siècle, Bibliothèque Nationale, collection Hennin*)

Gravure à l'eau forte coloriée. Juin 1793. (*Bibliothèque Nationale, collection de Vinck*)
Olympe de Gouges fut parmi les premières à réclamer la "Liberté des Nègres".

LOUIS XVI A SON PEUPLE

*Vous la voyez cette Couronne fille de l'ambition,
je ne veux la Conserver que pour vous deffendre
Et vous rendre heureux*

Olympe de Gouges remettant ses "Remarques patriotiques" aux souverains. Gravure de Frussolte, dessinée par Desrais (*fin XVIIIe siècle*). Frontispice de la brochure, septembre 1788. (*Bibliothèque Nationale, collection Hennin*)

Femmes à la tribune. Déclaration des droits de la femme : Art.X : "... La femme a le droit de monter sur l'échafaud ; elle doit avoir également celui de monter à la tribune...".

Une femme de condition fessée pour avoir craché sur le portrait de M. Necker. Eau forte coloriée. (*Bibliothèque Nationale, XVIIIᵉ siècle*)

Don patriotique des illustres Françaises. A la suite du projet d'une caisse patriotique, proposé par Mme de Gouges en 1788, de nombreuses femmes, à l'appel de Mme Moitte, déposèrent leurs bijoux à l'Assemblée Nationale, le 21 septembre 1789. Gravure anonyme en couleur. (*Bibliothèque Nationale*)

Condorcet qui réclama "l'admission des femmes aux droits de la cité" fut le seul "féministe" de la révolution. (*Bibliothèque Nationale*)

Sophie de Condorcet partageait les idées révolutionnaires de son mari et celles d'Olympe. A Bonaparte qui n'aimait pas "les femmes qui se mêlent de politique", elle dit : "Dans un pays où on leur coupe la tête, il est naturel qu'elles veuillent savoir pourquoi !" (*Bibliothèque Nationale*)

Mme de Gouges : "Femmes, ne serait-il pas grand temps...

Jeune Francaise allant au Champ de Mars faire l'Exercice

Gravure à l'eau forte parue chez François Bonneville, éditeur des portraits de personnages célèbres de la Révolution française. (*Bibliothèque Nationale, collection de Vinck*)

"... que se fit aussi parmi nous une Révolution".

FRANÇAISES DEVENUES LIBRES.

.... Et nous auſſi, nous ſavons combattre et vaincre.
Nous ſavons manier d'autres armes que l'aiguille et le fuſeau. O Bellone !
compagne de Mars, à ton exemple, toutes les femmes ne devroient-elles pas
marcher de front et d'un pas égal avec les hommes ? Déeſſe de la force et
du courage ! du moins tu n'auras point à rougir des *FRANÇAISES*.

Extrait d'une Prière des Amazones à Bellone.

De la Collection Générale des Caricatures sur la Révolution Française de 1789.

Paris chez Villeneuve *Graveur*, rue Zacharie, St Severin Maison du Passage N° 21.

Gravure anonyme à l'eau forte ; épreuve coloriée. (*Bibliothèque Nationale, collection Hennin*)

"Mirabeau aux Champs-Elysées" : comédie en un acte et en prose par Olympe de Gouges, représentée à Paris, le 15 avril 1791. Gravure de J. Masquelier, d'après Moreau le jeune (1741-1811). (*Bibliothèque Nationale, collection Hennin*)

Textes politiques

Projet d'une Caisse patriotique	1788
Remarques patriotiques	1788
Projet d'impôt sur le luxe	1788
Projet d'un second théâtre et d'une maternité	1789
Le cri du sage	1789
Déclaration des droits de la femme	1791
Mon dernier mot à mes chers amis	
Texte sur le divorce	
Les trois urnes ou le salut de la Patrie	1793

LETTRE AU PEUPLE OU PROJET
D'UNE CAISSE PATRIOTIQUE
PAR UNE CITOYENNE

1788
(extraits)

... Sa Majesté sans doute ne trouvera point mauvais qu'une femme attendrie sur l'affliction générale ose prévenir par son pressentiment des maux encore plus cruels...

... Rebutée en général de la méchanceté des hommes, ne cherchant qu'à finir mes jours dans une profonde solitude, prête à renoncer à la littérature, simple particulière, désintéressée en général pour les honneurs et la fortune, n'ayant que l'ambition que peut me permettre mon petit mérite dans la carrière dramatique, j'entendais et je voyais tout avec la douleur d'une véritable citoyenne.

Ô vérité Sublime qui m'as toujours guidée, ôte-moi les moyens d'écrire si un jour je trahis ma conscience éclairée par ta lumière.

... Ô Peuple, citoyens malheureux, écoutez la voix d'une femme juste et sensible.
Vous n'êtes heureux qu'autant que vous n'êtes pas

obérés. Si vos travaux sont pénibles, votre ambition est modérée : vous ne travaillez que pour nourrir vos femmes, vos enfants qui vous tendent leurs bras languissants; et dans ces troubles publics, vous les laissez périr peut-être de besoin ou de douleur. Les vingt-quatre heures que vous perdez font un déficit dans vos finances, aussi nuisible que celui de l'État. L'État a des ressources, et vous, vous n'avez que vos bras. Si vous les énervez à des folies, à des veilles, comment retrouverez-vous vos forces et votre courage pour reprendre utilement vos travaux? Que dis-je? N'avez-vous que cela à craindre? Et les batailles sanglantes qui succèdent toujours à cette joie effrénée? On est forcé d'interposer l'autorité, et voilà une boucherie effroyable.

...le sang patriotique qui circule dans mes veines, me suggère l'accomplissement du moyen dont je désire voir la Nation occupée.

Ce moyen, voici comme je le présente : ce n'est qu'avec mes forces que je puis le proposer; mais s'il était praticable, quelque faiblesse que je misse en le présentant, il n'en serait pas moins accueilli. Quel est donc ce moyen que je trouverais convenable à libérer les dettes de l'État? Ce serait, il me semble, un *impôt volontaire,* dont la nation s'applaudirait; et cette action mémorable du cœur français passerait à la postérité, et formerait l'époque la plus singulière et la plus remarquable des annales de la Monarchie.

Le Roi, pour réparer la détresse de ses finances, et pour faire honneur à ses engagements, demande des impôts; le Parlement qui sent que le peuple est obéré, s'y refuse : ces alternatives de demande et de refus aggravant le mal et ne le réparant pas, un impôt volontaire... un impôt volontaire au nom de la Nation, et la Nation se signalera. Les dégâts que la grêle a occasionnés dans les champs au moment de la récolte, et les secours généreux qu'on y a apportés, sont la preuve la plus authentique de ce que j'avance. Je vais prendre depuis les forts de la Halle et remonter indistinctement jusqu'aux classes les plus élevées, tout ce qui porte le nom de Français concourra au salut de l'État. Les caisses propres à recevoir les sommes offertes au Roi gratuitement de la part de ses sujets seront sacrées, et il ne sera donné des ordonnances sur ce trésor que pour liquider les dettes de l'État, sans qu'on puisse en faire sortir aucune somme, sous quelque prétexte, ou pour quelque genre de spéculation que ce soit...

Chaque citoyen qui apporterait à cette caisse, suivant ses moyens, le tribut qu'il aurait bien voulu s'imposer, mettrait son nom sur le registre, en bas de la somme qu'il aurait remise à la Caisse publique. Avec cette précaution, on serait à l'abri de craindre la malversation; on se rendrait compte mutuellement; tout citoyen se verrait dans le même miroir, et ce portrait touchant caractériserait à la fois l'âme, le cœur et l'esprit français.

L'homme de la Halle, ainsi que la femme de charge éprouveraient une satisfaction sans égale de voir leur nom à côté de celui d'un Prince du Sang : allons, mes amis, se diraient-ils ensemble, nous boirons moins de rogome, nous irons plus rarement à la guinguette, pour porter quelques sols tous les mois à notre bon Roi, qui sans papier timbré ni soldats, la baïonnette au bout du fusil, nous saura bon gré de cet effort patriotique; les autres Nations ne nous reprocheront pas d'avoir abandonné notre Roi...

La Cour de France a été de tous les temps la première Cour de l'Europe; si l'on obscurcit trop son lustre, elle n'est plus la Cour de France, tout véritable Français reconnaîtra encore cette vérité, qu'il entre essentiellement dans la politique de la Monarchie de soutenir le Trône au point où il s'est élevé.

L'excès de luxe que mon sexe porte aujourd'hui jusqu'à la frénésie, cessera à l'ouverture de la Caisse Patriotique : au lieu d'acheter dix chapeaux de différentes tournures, les femmes essentielles, quoique jolies femmes, car la beauté n'exclut pas la raison et l'amour de son pays : ces femmes, dis-je, se contenteront d'un ou de deux chapeaux de bon goût, et l'excédent sera envoyé à cette Caisse.

Les États Généraux peut-être trouveront d'autres moyens; mais quelles que soient les ressources dont leur sagesse fera usage, ils ne pourront trouver déplacés les conseils d'une femme qui, en dépit de la légèreté naturelle à son sexe, n'en a pas moins en général des idées souvent ingénieuses, et que les Sages ne dédaignent pas tout à fait; ils en profitent même quelquefois, et ont la vertu d'en convenir. Quant au fat, au petit maître, à l'inconséquent et jusqu'au pédant, la femme est à leurs yeux un être inutile dans la société : mais que m'importent les clameurs de ces hommes encore plus inutiles que des femmelettes; mon but est louable, mon projet est bon, et rien ne peut me détourner du sentier que je me suis frayé. C'est au Peuple à qui je propose mon projet, c'est au Parlement à qui je demande s'il est déplacé, et aux États Généraux... s'il est louable. Si j'écris mal, je pense bien.

Pour que je ne sois pas accusée ou soupçonnée d'une ambition démesurée, je tairai mon nom, il deviendrait trop fameux, si mon épître produisait quelque bon effet. Moi-même je craindrais de m'enorgueillir et d'empoisonner la simplicité dont la nature m'a douée. C'est avec ces sentiments de fraternité, que je suis pour tous mes Compatriotes, la plus zélée et la plus sincère Citoyenne.

REMARQUES PATRIOTIQUES

Par la Citoyenne, Auteur de la lettre au Peuple

1788

Ma lettre au Peuple, ou le projet d'une caisse patriotique, a ému les belles âmes. Elle a excité la critique des mauvais citoyens. Ils osent même dire que le caractère français est éteint, et que l'égoïsme est actuellement l'esprit dominant de la Nation. Ah! s'il n'a pas brûlé jusqu'à présent pour la Patrie, il peut renaître de sa cendre. La France a peut-être été trop florissante jusqu'à ce siècle; elle a excité l'envie de toutes les nations, et pour un choc violent qu'elle éprouve, faut-il qu'elle se perde elle-même? Ô France, France! relève ton front altier, et n'inspire pas à tes voisins le sentiment de la pitié. Que le Peuple, les parlements et le roi ne forment qu'une même famille, et la Nation reprendra bientôt sa première splendeur.

C'est une femme, qui ose se montrer si forte, et si courageuse pour son Roi, et pour sa Patrie... Ô Reine, ô juste Monarque, veuille l'humanité souffrante que mon récit vous touche en faveur des infortunés dont je vais vous tracer le déplorable sort!

Le pain est cher, les travaux ne vont plus, et les malheureux manquent de tout.

Il y a cependant de belles âmes qui font de bonnes actions en faveur de l'indigence; mais c'est dans des mains étrangères qu'ils font passer leurs bienfaits. Leurs dons sont toujours mal distribués, et ce n'est presque jamais les vrais infortunés qui sont véritablement secourus dans Paris. Ah! que ne peut-on fonder des maisons qui ne seraient ouvertes que dans l'hiver pour les ouvriers sans travail, les vieillards sans forces, les enfants sans appui.

La dette nationale éteinte, vous appuierez par votre bienfaisance cette belle institution; toutes les âmes pures et généreuses enverront, à cette administration, des sommes immenses. On déchargera MM. les Curés du pénible travail de soulager les malheureux, ils auront plus de temps pour se livrer au culte de la religion qui s'affaiblit tous les jours. Les malheureux qu'ils visiteraient iraient avec un billet de leur part se rendre dans ces maisons qui seraient tenues sainement et proprement, elles ne sauraient obérer l'État, elles en feraient au contraire la richesse, puisqu'elles se seraient consacrées à conserver les citoyens. On devrait même donner dans ces établissements de quoi entretenir l'émulation, on y occuperait les ouvriers dans les saisons les plus rigoureuses et ces maisons pourraient se charger de beaucoup d'entreprises. Les veuves des ouvriers qui perdent leur mari subitement trouveraient dans ces asiles un prompt secours pour elles et leurs enfants. Combien de fois n'a-t-on pas vu ces infortunées qui perdent leurs soutiens dans un bâtiment, dans une carrière ou dans une fosse; elles restent avec plusieurs enfants sans secours, et souvent elles sont enceintes, quand on leur apporte leur mari mort sur un brancard. Ce spectacle émeut quelques âmes le premier jour, mais comme tout est l'affaire du moment à Paris, les infortunées veuves restent quelque temps après, sans secours, sans pain, quand leurs enfants en leur tendant les bras leur en demandent à grands cris. Et dans les fortes gelées, ces enfants meurent en proie à des tourments affreux, qui ajoutent encore à ceux de leurs mères.

Ô sire! vous qui connaissez quelle est la tâche d'un bon Roi, donnez, par votre bienfaisance, l'exemple à tous les Potentats de la terre, de secourir leurs peuples dans les moments de calamité!

PROJET D'IMPÔT

Projet d'impôt propre à détruire l'excès du luxe et augmenter les finances du trésor, réservé à acquitter la dette nationale.

Le luxe : c'est un genre de mal qui ne se doit guérir que de lui-même, par exemple, les goûts exquis qui s'en vont écrasant, renversant tout ce qu'ils rencontrent sous leur passage : un bon impôt sur ce luxe effréné : ah, combien l'humanité applaudirait celui-ci! qu'importe au petit maître de payer vingt-cinq louis par an le plaisir de se casser le cou ou de se briser quelques membres? Cet impôt n'arrêterait pas les goûts exquis, et si cela était combien les pauvres piétons béniraient cette révolution humaine; les cabriolets plus modestes, mais qui n'en sont pas moins pernicieux, ne payeraient que la moitié de ce droit. Pour les voitures des petites maîtresses, encore un impôt ne leur ferait point de mal, elles n'en seront pas moins triomphantes. Je voudrais que l'on mît, par exemple, un impôt utile sur les bijoux comme sur les modes qui se multiplient du matin au soir, et du soir au matin.

Un impôt encore aussi sage qu'utile serait celui qu'on

pourrait créer sur la servitude ; plus un maître aurait de valets, plus son impôt serait fort.

On devrait créer encore un impôt sur le nombre de chevaux, de voitures, les chiffres et armoiries ; la voiture simple caractériserait l'homme qui ne pourrait s'en dispenser ; le chiffre, le luxe, et les armoiries, l'orgueil ; ce qui doit payer davantage que le modeste et l'indispensable.

Un impôt qui est très visible et qu'on n'a pas encore aperçu, c'est celui qu'on pourrait mettre sur tous les jeux de Paris comme Académies, Maisons particulières, Palais des Princes et seigneurs.

Si on voulait encore asseoir un impôt sur la peinture et sculpture, il ne serait pas si déplacé. Le peuple ne se fait ni peindre, ni sculpter, ni décorer ses appartements. Un tel impôt ne peut nullement lui nuire, ainsi que tous ceux que je mets sous les yeux du Roi et de la Nation, et qui peuvent ensemble rapporter gros à l'État. Sans notions de Géométrie et de Finances, j'ose garantir, par mon plan, la dette nationale acquittée avant cinq ans révolus, et l'effet fera reconnaître ce que j'avance ici. Peut-être serais-je assez heureuse pour voir l'accomplissement de mes souhaits. Que l'impôt volontaire soit à la tête de ceux que j'indique, et je devance mon époque au moins de quatre années. Nous chanterons ensuite en chorus : Vive la France, Vive son Roi et Vive la Patrie.

Je ne donne ici qu'une ébauche de mes idées ; c'est à la Nation assemblée de savoir si elles méritent d'être approfondies, et si l'on peut faire de cette esquisse un portrait frappant du bien qui peut en résulter.

Je voudrais que les spectacles de province fussent imposés à cette même contribution, ainsi que ceux de la capitale. On a mis en régie les postes, les messageries, les diligences, les cuirs, l'amidon, et on laisse jouir les Comédiens d'une fortune immense, tandis que le génie

Textes politiques

des Auteurs appartient essentiellement à la nation, et peut contribuer à réparer ses pertes, car le produit des théâtres est immense et le profit qu'on pourrait en prélever, sans faire tort aux acteurs, irait à plus de quatre millions par an et je présume que ce profit irait aussi haut que celui des loteries. Dans mes rêveries patriotiques j'ai rencontré tant d'hommes oisifs dans les grandes villes qui ne font qu'entretenir la mollesse et les vices. Pourquoi ne point occuper cette quantité d'hommes aux terres incultes, puisqu'ils sont inutiles dans les capitales. Que le gouvernement donne toutes les terres en friche du Royaume à des Sociétés, ou à chaque particulier la portion qu'il pourra cultiver. C'est le meilleur moyen de sauver un tiers du peuple d'une foule de précipices qui se trouve sans cesse sous ses pas et de débarrasser la société d'une quantité d'hommes inutiles dont la mollesse et la misère font des scélérats. La plupart de ces terres seraient consacrées à élever des bestiaux qui manquent depuis quelques années en France et qui privent le malheureux d'un bouillon quand il en a besoin, tant la viande est devenue exorbitamment chère.

PROJET D'UN SECOND THÉÂTRE
ET D'UNE MATERNITÉ
1789

Pour contrebalancer le pouvoir exorbitant de la Comédie-Française, Olympe de Gouges, avec quelques auteurs de ses amis, voudrait fonder un second théâtre français, qui porterait le nom de Théâtre National.
Dans la même brochure, elle préconise la création d'un établissement bien différent : une maison de santé pour les femmes, afin de leur éviter la promiscuité et les conditions d'hygiène déplorables des hôpitaux publics.

Il est difficile de faire le bien... Le peuple en général est injuste, ingrat et finit par être rebelle.
Le peuple doit être secouru dans des temps de calamité, mais si on lui donne trop dans d'autres moments, on l'expose à la paresse, on lui ravit toutes ses ressources. Ces bienfaits sont pour lui des dons funestes.
Sans doute il n'y a point de province dont les Députés ne proposent des Établissements ou une Caisse de commerce, dont le produit serait répandu sur les ouvriers sans travail dans les saisons rigoureuses et dans les temps de disette.
Je ne m'étendrai pas sur cette matière : je n'ai que de

Textes politiques

bonnes vues et sans doute je ne manquerai que par les moyens. Mais la Nation n'y suppléera que de reste.

Si l'on indique un impôt volontaire, j'ose croire qu'on établira une Caisse nationale propre à recevoir les deniers consacrés à acquitter les dettes de l'État. Cela revient à peu près à mon Projet et c'est toujours très satisfaisant pour mon cœur d'avoir proposé cette idée la première, avant qu'on n'eût arrêté l'époque des États Généraux.

Je ne parle pas des autres impôts que j'ai de même proposés dans ma Lettre au Peuple et dans les Remarques Patriotiques. S'il y en a quelques-uns qui soient d'une nature à être mis en vigueur, la Nation n'en négligera pas l'exécution, quel que soit le sexe de l'auteur.

La véritable sagesse ne connaît ni préjugé ni convention : le vrai seul l'intéresse et le bien général la guide; c'est donc à cette sagesse que je soumets le fruit de mes réflexions. Je l'engage à glisser sur les fautes qui fourmillent dans ces productions et je la prie de s'arrêter un moment sur quelques nobles maximes qui les décorent et qui caractérisent le but de l'auteur.

Tout bon citoyen convient que pour rendre à la France sa bonne constitution, il faut essentiellement s'occuper de la restauration des mœurs. ... Et quel moyen plus salutaire aux hommes que celui de ses plaisirs? Quel est le Théâtre de nos jours qui offre une École de mœurs? Dans tous, on trouve ce qui peut flatter et entretenir les vices. Ces horribles tréteaux ont fait la perte du peuple. On voit un ouvrier se priver de pain, abandonner son travail, sa femme et ses enfants, pour courir chez Nicolet, Audinot, aux Beaujolais, aux Délassements Comiques et tant d'autres qui obèrent le peuple, qui dépravent les mœurs et qui nuisent à l'État.

Certainement la Nation ne négligera pas cet article : c'est peut-être le plus essentiel et si une bonne religion a été toujours le fondement inébranlable du salut des États et des peuples, un Théâtre moral, dont les actrices seraient irréprochables, conviendrait à la société des hommes policés, exciterait les vertus, corrigerait les Libertins; et, à peine dix ans se seraient écoulés, que l'on reconnaîtrait que la bonne comédie est véritablement l'École du monde.

... Mais c'est assez m'être occupée de choses frivoles, quoique cette frivolité soit devenue de nos jours la chose la plus essentielle. S'il est vrai que le spectacle soit nécessaire aux États, qu'il soit inventé pour la récréation et l'instruction des hommes, sans doute le Gouvernement et la Nation assemblée approuveront mon théâtre.

Mais ce qui m'intéresse particulièrement et qui touche de près tout mon sexe, c'est une Maison particulière, c'est un Établissement à jamais mémorable qui manque à la France. Les femmes, hélas trop malheureuses et trop faibles, n'ont jamais eu de vrais protecteurs. Condamnées dès le berceau à une ignorance insipide, le peu d'émulation qu'on nous donne dès notre enfance, les maux sans nombre dont la Nature nous a accablées, nous rendent trop malheureuses, trop infortunées pour que nous n'espérions pas qu'un jour les hommes viennent à notre secours. Ce jour fortuné est arrivé.

Ô citoyens! Ô Monarque! Ô ma Nation! Que ma faible voix puisse retentir dans le fond de vos cœurs! Qu'elle puisse vous faire reconnaître le déplorable sort des femmes. Pourriez-vous en entendre le récit sans verser des larmes? Lequel d'entre vous n'a point été père, lequel d'entre vous n'est point époux? Lequel de vous n'aura point vu expirer sa fille ou son épouse dans des douleurs ou dans des souffrances cruelles?

Quels maux sans nombre les jeunes demoiselles éprouvent pour devenir nubiles? Quels tourments affreux les femmes ne ressentent-elles pas quand elles deviennent mères? Et combien y en a-t-il qui y perdent la vie?

Tout l'art ne peut les soulager et souvent on voit des

jeunes femmes après avoir souffert jour et nuit des douleurs aiguës, expirer entre les bras de leurs accoucheurs et donner la vie en mourant à des hommes dont, jusqu'à ce moment, aucun ne s'est occupé sérieusement de témoigner le plus petit intérêt à ce sexe trop infortuné, pour les tourments qu'ils lui ont causés.

Les hommes n'ont rien négligé, rien épargné pour se procurer particulièrement des secours humains. Ils ont fondé plusieurs Établissements, les Invalides aux Militaires, la Maison de Charité des Nobles, et celle des Pauvres.

Cette même humanité doit aujourd'hui les rendre généreux et protecteurs de ce sexe qui gémit depuis longtemps, qui est confondu dans des circonstances désastreuses avec les derniers des humains. Ce sexe, dis-je, trop malheureux et sans cesse subordonné, il me prie, il m'engage, il me presse de demander à la Nation une Maison de Charité particulière, où il ne soit reçu que des femmes.

Cette Maison ne devrait être consacrée qu'aux femmes de militaires sans fortune, à d'honnêtes particuliers, à des négociants, à des artistes : en un mot pour toutes les femmes qui ont vécu dans une honnête aisance et qu'un revers de fortune prive de tout secours. Le chagrin souvent les entraîne aux portes du trépas, ou des maladies qui les mettent hors d'état de se faire soigner chez elles. On les porte à l'Hôtel-Dieu et une femme bien élevée se trouve parmi des mendiants, avec des filles de mauvaises mœurs, ou des gens du peuple de tout état : le seul nom d'Hôtel-Dieu doit les effrayer et lorsque leur vue fixe ce triste tableau, elles implorent la mort plutôt que les secours de cette Maison.

Il faut un Hôpital pour le peuple et, en établissant une Maison de Charité pour les femmes honnêtes, on déchargera l'Hôtel-Dieu, déjà trop surchargé. Quel est l'édifice qu'on peut élever, plus favorable à l'humanité, si ce n'est une Maison de Charité pour les femmes souffrantes et bien élevées?

Je vais retracer une conversation d'un Député des États Généraux. Son avis était qu'il n'était plus nécessaire d'utiliser des barrières et on demanda ce qu'on ferait des murailles et des superbes édifices élevés pour loger des commis.

– Ils tomberont d'eux-mêmes, répondit-il.
– Et que fera-t-on de toutes ces pierres?
– Des Hôpitaux bien simples et plus salutaires à toute l'humanité.

... Je réclame donc quelques-unes de ces pierres, en faveur des femmes les plus intéressantes de la société. Ce ne sont point des appartements somptueux, des lambris dorés que les femmes bien élevées attendent de l'humanité et de la générosité de la Nation : c'est une espèce d'Hôpital, auquel sans doute on ne donnera point de titre répugnant : mais une Maison simple dont la propreté fera tout le luxe.

Voilà ce que les femmes essentielles doivent attendre des hommes instruits et choisis par la Patrie. Qui ne donnera pas sa voix pour cet Établissement? Qui s'opposerait, sans prouver qu'il est à la fois mauvais frère, fils ingrat et père dénaturé?

... Éloignés de vos maisons, de vos filles, de vos épouses, pourriez-vous méconnaître la nature et oublier tout ce que vous devez aux femmes? Non. Elles ne peuvent que vous intéresser. Les grandes affaires qui vous occupent pourront peut-être vous empêcher de porter tout de suite votre attention sur cet Établissement; mais une fois l'État libéré et la Constitution solidement établie, vous donnerez à l'humanité souffrante, à la Nature, tout ce que vous devez à l'une et à l'autre.

RÉFLEXIONS
SUR LES HOMMES NÈGRES
Février 1788

C'est en Angleterre, dans les années précédant la Révolution française, que naquit le projet d'abolir l'esclavage. En France, Olympe fut une des premières à prendre parti publiquement contre la traite des Noirs, ce qui lui valut la haine du Club des Colons et la méfiance des Comédiens-Français, partisans de l'Ancien Régime dans leur majorité.

L'espèce d'hommes nègres m'a toujours intéressée à son déplorable sort. À peine mes connaissances commençaient à se développer, et dans un âge où les enfants ne pensent pas, que l'aspect d'une Négresse que je vis pour la première fois, me porta à réfléchir, et à faire des questions sur sa couleur.

Ceux que je pus interroger alors, ne satisfirent point ma curiosité et mon raisonnement. Ils traitaient ces gens-là de brutes, d'êtres que le Ciel avait maudits; mais, en avançant en âge, je vis clairement que c'était la force et le préjugé qui les avaient condamnés à cet horrible esclavage, que la Nature n'y avait aucune part, et que l'injuste et puissant intérêt des Blancs avait tout fait.

Pénétrée depuis longtemps de cette vérité et de leur affreuse situation, je traitai leur Histoire dans le premier sujet dramatique qui sortit de mon imagination. Plusieurs hommes se sont occupés de leur sort; ils ont travaillé à l'adoucir; mais aucun n'a songé à les présenter sur la Scène avec le costume et la couleur, tel que je l'avais essayé, si la Comédie-Française ne s'y était point opposée.

Mirza avait conservé son langage naturel, et rien n'était plus tendre. Il me semble qu'il ajoutait à l'intérêt de ce drame, et c'était bien de l'avis de tous les connaisseurs, excepté les Comédiens. Ne nous occupons plus de ma Pièce, telle qu'elle a été reçue. Je la présente au Public.

Revenons à l'effroyable sort des Nègres; quand s'occupera-t-on de le changer, ou du moins de l'adoucir? Je ne connais rien à la Politique des Gouvernements; mais ils sont justes, et jamais la Loi Naturelle ne s'y fit mieux sentir. Ils portent un œil favorable sur tous les premiers abus. L'homme partout est égal. Les Rois justes ne veulent point d'esclaves; ils savent qu'ils ont des sujets soumis, et la France n'abandonnera pas des malheureux qui souffrent mille trépas pour un, depuis que l'intérêt et l'ambition ont été habiter les îles les plus inconnues. Les Européens avides de sang et de ce métal que la cupidité a nommé de l'or, ont fait changer la Nature dans ces climats heureux. Le père a méconnu son enfant, le fils a sacrifié son père, les frères se sont combattus, et les vaincus ont été vendus comme des bœufs au marché. Que dis-je? c'est devenu un Commerce dans les quatre parties du monde.

Un commerce d'hommes!... grand Dieu! et la Nature ne frémit pas! S'ils sont des animaux, ne le sommes-nous pas comme eux? et en quoi les Blancs diffèrent-ils de cette espèce? C'est dans la couleur... Pourquoi la Blonde fade ne veut-elle pas avoir la préférence sur la Brune qui tient du mulâtre? Cette tentation est aussi frappante que du Nègre au Mulâtre. La couleur de l'homme est nuancée, comme dans tous les animaux que la Nature a produits, ainsi que les plantes et les minéraux. Pourquoi le jour ne le dispute-t-il pas à la nuit, le soleil à la lune, et les étoiles au firmament? Tout est varié, et c'est là la beauté de la Nature. Pourquoi donc détruire son Ouvrage? L'homme n'est-il pas son plus beau chef-d'œuvre? L'Ottoman fait bien des Blancs ce que nous faisons des Nègres : nous ne le traitons cependant pas de barbare et d'homme inhumain, et nous exerçons la même cruauté sur des hommes qui n'ont d'autre résistance que leur soumission.

Mais quand cette soumission s'est une fois lassée, que produit le despotisme barbare des habitants des Isles et des Indes? Des révoltes de toute espèce, des carnages que la puissance des troupes ne fait qu'augmenter, des empoisonnements, et tout ce que l'homme peut faire quand une fois il est révolté. N'est-il pas atroce aux Européens, qui ont acquis par leur industrie des habitations considérables, de faire rouer de coups du matin au soir ces infortunés qui n'en cultiveraient pas moins leurs champs fertiles, s'ils avaient plus de liberté et de douceur?

Leur sort n'est-il pas des plus cruels, leurs travaux assez pénibles, sans qu'on exerce sur eux, pour la plus petite faute, les plus horribles châtiments? On parle de changer leur sort, de proposer les moyens de l'adoucir, sans craindre que cette espèce d'hommes fasse un mauvais usage d'une liberté entière et subordonnée.

Je n'entends rien à la Politique. On augure qu'une liberté générale rendrait les hommes Nègres aussi essentiels que les Blancs : qu'après les avoir laissés maîtres de leur sort, ils le soient de leurs volontés : qu'ils puissent élever leurs enfants auprès d'eux. Ils seront plus exacts aux travaux, et plus zélés. L'esprit de parti ne les tourmentera plus, le droit de se lever comme les autres hommes les rendra plus sages et plus humains. Il n'y aura plus à craindre de conspirations funestes. Ils seront les cultivateurs libres de leurs contrées, comme les Laboureurs en Europe. Ils ne quitteront point leurs champs pour aller chez les Nations étrangères.

La liberté des Nègres fera quelques déserteurs, mais beaucoup moins que les habitants des campagnes françaises. À peine les jeunes Villageois ont obtenu l'âge, la force et le courage, qu'ils s'acheminent vers la Capitale pour y prendre le noble emploi de Laquais ou de Crocheteur. Il y a cent Serviteurs pour une place, tandis que nos champs manquent de cultivateurs.

Cette liberté multiplie un nombre infini d'oisifs, de malheureux, enfin de mauvais sujets de toute espèce. Qu'on mette une limite sage et salutaire à chaque Peuple, c'est l'art des Souverains, et des États Républicains.

Mes connaissances naturelles pourraient me faire trouver un moyen sûr : mais je me garderai bien de le présenter. Il me faudrait être plus instruite et plus éclairée sur la Politique des Gouvernements. Je l'ai dit, je ne sais rien, et c'est au hasard que je soumets mes observations bonnes ou mauvaises. Le sort de ces infortunés doit m'intéresser plus que personne, puisque voilà la cinquième année que j'ai conçu un sujet dramatique, d'après leur déplorable Histoire.

Je n'ai qu'un conseil à donner aux Comédiens-Français, et c'est la seule grâce que je leur demanderai de ma vie : c'est d'adopter la couleur et le costume nègre. Jamais occasion ne fut plus favorable, et j'espère que la Représentation de ce Drame produira l'effet qu'on en doit attendre en faveur de ces victimes de l'ambition.

Le costume ajoute de moitié à l'intérêt de cette Pièce. Elle émouvra la plume et le cœur de nos meilleurs Écrivains. Mon but sera rempli, mon ambition satisfaite, et la Comédie s'élèvera au lieu de s'avilir, par la couleur.

Mon bonheur sans doute serait trop grand, si je voyais

la Représentation de ma Pièce, comme je la désire. Cette faible esquisse demanderait un tableau touchant pour la postérité. Les peintres qui auraient l'ambition d'y exercer leurs pinceaux, pourraient être considérés comme les Fondateurs de l'Humanité la plus sage et la plus utile, et je suis sûre d'avance que leur opinion soutiendra la faiblesse de ce Drame, en faveur du sujet.

Jouez donc ma Pièce, Mesdames et Messieurs, elle a attendu assez longtemps son tour. La voilà imprimée, vous l'avez voulu; mais toutes les Nations avec moi vous en demandent la représentation, persuadée qu'elles ne me démentiront pas. Cette sensibilité qui ressemblerait à l'amour-propre chez tout autre que chez moi, n'est que l'effet que produisent sur mon cœur toutes les clameurs publiques en faveur des hommes nègres. Tout Lecteur qui m'a bien appréciée sera convaincu de cette vérité.

Enfin passez-moi ces derniers avis, ils me coûtent cher, et je crois à ce prix pouvoir les donner. Adieu, Mesdames et Messieurs; après mes observations, jouez ma pièce comme vous le jugerez à propos, je ne serai point aux répétitions. J'abandonne à mon fils tous mes droits; puisse-t-il en faire un bon usage, et se préserver de devenir Auteur pour la Comédie-Française. S'il me croit, il ne griffonnera jamais de papier en Littérature.

LE CRI DU SAGE

Par une Femme

1789

À l'annonce des États Généraux, Assemblée représentative des trois ordres de la Nation, Clergé, Noblesse et Tiers-État, qui n'avaient pas été réunis depuis 1614, Olympe de Gouges est saisie du désir ardent de jouer un rôle politique; Louis XVI a convoqué les États Généraux à Versailles le 1ᵉʳ mai 1789, elle y élit domicile et fait parvenir aux députés plusieurs lettres et brochures, s'inquiétant de leurs divisions dans un moment si crucial pour la Patrie. À un compatriote montalbanais, elle fait parvenir le résumé de ses recommandations.

Il est temps d'élever la voix; le bon sens, la sagesse ne sauraient plus observer le silence; il est temps de dire définitivement à la Nation, que si elle ne se décide pas promptement à ne faire qu'un travail, elle entraîne sous peu la chute du Royaume, qu'elle ôtera à jamais la confiance, et que le mal deviendra incurable.

Les Anciens Français ne péchaient que par trop d'ignorance; les modernes gâtent tout pour avoir trop acquis.

À force d'idées et de lumières, ils se trouvent aujourd'hui dans une confusion épouvantable.

La Patrie qui attend avec impatience son salut de leur sagesse et de leur entreprise, voit déjà avec peine qu'ils ne s'entendent pas et qu'ils touchent au fatal moment de devenir la fable de l'Europe.

Oui, Messieurs, votre discorde va non seulement jeter le feu dans les quatre coins de la France, mais soulever nos ennemis, les encourager contre nous, et nous perdre par votre faute ; puissiez-vous lire avec attention la Lettre au Peuple, les Remarques Patriotiques et surtout le Bonheur primitif de l'homme, et parcourir les Chapitres avec autant de rapidité que je suis arrivée au Règne de Louis XVI, et vous rappeler que malgré cette précipitation, on peut s'arrêter et réfléchir sur quelques passages qui offrent des observations aussi utiles que salutaires.

Depuis longtemps j'observe les hommes ; j'ai été forcée de reconnaître que la plupart ont le cœur flétri, l'âme abjecte, l'esprit énervé et le génie malfaiteur.

Peut-on sans rougir se déclarer homme aujourd'hui et se croire Supérieur à nos sages ancêtres, à ces nobles Chevaliers français qui défendaient à la fois la Patrie et les Dames ?

Ô temps heureux considérés de nos jours comme des siècles fabuleux, puissiez-vous renaître parmi nous, redonner l'énergie qui manque aux Français, et les rendre encore une fois redoutables à tous les Peuples !

Je veux examiner d'où part la source du vice ; puis-je la reconnaître sans trahir à la fois mon sexe et mon caractère ? L'effort est pénible ; et quoiqu'il puisse m'en coûter de dévoiler ce sexe qui s'est lui-même démasqué, je le trahirai dans ce moment pour le servir un jour.

Ô Femmes ! Qu'avez-vous fait ? Qu'avez-vous produit ? Avez-vous pu croire qu'en vous jetant à la tête des hommes, vous conserveriez votre empire ? Il est détruit, et vos grâces naturelles ont disparu avec cette noble pudeur qui rendait jadis les femmes si touchantes et si chères à leurs yeux.

Vous avez abandonné les rênes de vos maisons, vous avez éloigné vos enfants de vos seins maternels ; livrés dans les bras de serviteurs corrompus, ils ont appris à vous haïr, à vous mépriser.

Ô sexe, tout à la fois séduisant et perfide! Ô sexe tout à la fois faible et tout-puissant! Ô sexe à la fin trompeur et trompé! Ô vous, qui avez égaré les hommes qui vous punissent aujourd'hui de cet égarement par le mépris qu'ils font de vos charmes, de vos attaques et de vos nouveaux efforts! Quelle est actuellement votre consistance? Les hommes se sont instruits par vous-mêmes, de vos travers, de vos détours, de vos ruses, de vos inconséquences; et ils sont enfin à leur tour devenus femmes.

Peut-on voir sans pitié la suffisance de nos jeunes gens, la légèreté de nos vieillards sur des objets majeurs, et l'extravagance des hommes d'un âge raisonnable, sans se récrier contre le siècle et contre les mœurs?

On parle encore de vertus et de patriotisme; si l'un et l'autre existaient véritablement, ils se seraient déjà fait sentir aux États Généraux; tous les cahiers seraient confondus, et les trois Ordres ensemble ne pourraient dans cette réunion qu'opiner pour le bien public.

Mais si l'esprit de parti vient à l'emporter dans cette Assemblée sur la bienséance, la raison et la justice, ces États Généraux qu'on a désirés depuis si longtemps, ne seront donc réunis que pour semer la discorde.

Je l'ai prédit; puisse cette prédiction se détourner et me faire voir que je fus mauvais prophète; mais en même temps, j'obtiendrai le titre de bonne citoyenne.

Vous devez, Messieurs, rassurer ce public impatient.

Qui peut ramener le calme si ce n'est votre union? Qui peut enfin établir la confiance, faire refleurir le commerce, si ce n'est l'harmonie dans vos Assemblées? Pour vous accorder, il faut fronder vos prétentions particulières, convaincre le Tiers-État qu'il n'a pas le droit lui seul de créer de nouvelles lois, et représenter au Clergé qu'il doit se dépouiller dans ce moment du faste de ses dignités et de la majeure partie de ses prérogatives.

Textes politiques 91

Persuadez à la Noblesse, que c'est une injustice, une vexation criante, de refuser de siéger avec le Tiers-État, comme s'il y avait entre ces deux Ordres des barrières invincibles.

Il n'y a pas de jour qu'un Noble sans fortune ne sollicite la main d'une demoiselle du Tiers-État. Il n'y a pas de demoiselle d'un sang illustre qui n'ait mêlé ce sang avec celui du Tiers-État; et dans ce moment de détresse, dans un temps de calamité, vous craignez, Messieurs, de mêler vos idées avec celles des hommes qui vous valent peut-être.

Que l'honneur vous parle, que le bien de la patrie vous guide. Sans perdre vos titres et vos dignités, vous n'en serez pas moins l'ami de vos frères, leurs supérieurs en modestie puisque vous renoncerez dans un moment d'union à votre rang, à ces droits que le rang vous donne et qui doivent être sacrés dans toute autre circonstance, mais qui sont injustes et déplacés dans cette révolution.

Voilà, Messieurs, ce qu'il était important de faire observer aux trois Ordres.

J'ose me flatter que ces observations ne sauraient vous déplaire en faveur du motif qui me les a inspirées.

On peut exclure les femmes de toutes Assemblées nationales, mais mon génie bienfaisant me porte au milieu de cette Assemblée; il lui dira avec fermeté que l'honneur même des premiers des Gentilshommes français fut fondé sur le bien de la Patrie, et qu'il s'écarte de ces nobles principes en s'éloignant du sein du reste de la Nation.

Si l'amour-propre l'emporte sur la raison, sans doute, Messieurs, vous allez condamner cet écrit; mais l'auteur a une trop grande idée de vos nobles procédés, pour ne pas espérer que vos véritables sentiments l'emporteront sur cet amour-propre, et si dans cette circonstance il a employé le ton impératif de son sexe, c'est qu'il a senti qu'aux grands maux, il fallait apposer les grands remèdes.

Et en vous assurant en même temps que si son zèle patriotique l'a porté trop loin, le respect et l'estime qui vous sont dus, Messieurs, le ramènent à ses véritables principes, et lui font reconnaître que la modestie doit être le fond de son caractère.

Un des deux partis doit céder : vraisemblablement, celui du Clergé suivra l'impulsion de celui de la Noblesse.

Est-ce au Tiers-État qu'il convient d'abandonner le sien ? Est-ce à la Noblesse de se départir de ses préjugés ? Ces préjugés ne sont-ils pas leurs droits, et ces droits ne sont-ils pas la gloire et le soutien de la Monarchie française ?

On ne peut se dissimuler que les cahiers du troisième Ordre ont dû révolter la Noblesse, mais enfin, on ne peut tout ramener à la bienséance. Et celui qui cédera, de la Noblesse ou du Tiers-État, sera toujours le parti patriotique à qui la France devra son salut.

DÉPART DE M. NECKER ET DE MADAME DE GOUGES
OU
LES ADIEUX DE MADAME DE GOUGES AUX FRANÇAIS
ET À M. NECKER

Avril 1790

Momentanément découragée par l'échec de ses pièces et l'indifférence qui accueille ses projets patriotiques, Olympe songe à s'exiler au moment où Necker quitte le pouvoir et publie ce qu'elle pense être sa dernière lettre au Peuple français.

Nous partons, Monsieur, et nous allons, vous et moi, quitter Paris, après avoir, quelques instants, occupé la scène, vous un poste élevé, moi dans un rang terre à terre; c'est déjà une petite ressemblance entre nous deux. Mais si nos opinions tendent au même but, elles n'en diffèrent pas moins dans leur marche. Vous, en changeant les principes des Français, vous avez prétendu les éclairer sur leurs plus pressants intérêts, et, par là leur donner une plus mâle existence : moi, au contraire, j'ai voulu conserver leur véritable esprit, déraciner seulement les abus et consolider la monarchie française pour le bonheur de tous mes concitoyens; voilà en quoi nous différons. Cependant nous avons travaillé pour des ingrats; nous avons perdu tous deux le fruit de nos peines; voilà en quoi nous nous ressemblons.

Flegmatique par caractère, républicain par naissance, vous êtes venu chez un peuple gai, aimable, fidèle à ses rois, soumis aux lois, pour lui enseigner les éléments d'une liberté qui ne convient nullement à la nature de son gouvernement; moi, vive comme une Languedocienne, et née Française, connaissant la tête des Français, je leur ai conseillé de ne point toucher à l'arbre antique et sacré de la monarchie, mais d'en élaguer seulement les branches parasites et gourmandes, et celles qui, arrachées avec tant de violence, n'ont pu qu'entraîner avec leur chute celle de la France; voilà où nous différons.

Vous avez jugé les ressources de la France inépuisables; je l'ai cru, ainsi que vous; voilà où nous nous ressemblons.

L'amour de la gloire a soutenu votre courage; le patriotisme seul m'a fait affronter tous les dangers; voilà où nous différons. Vous êtes découragé, moi de même; voilà où nous nous ressemblons. Vous avez huit cent mille livres de rente et vous êtes malade; et moi, tout mon bagage tiendrait à présent dans un chausson, mais j'ai une santé à toute épreuve; voilà où nous différons. Nous quittons tous deux la France en déplorant la perte de nos peines et de nos travaux; voilà où nous nous ressemblons.

Vous partez la bourse abondamment garnie, dans une berline bien douce et bien suspendue et moi, presque ruinée par mes imprimeurs, je pars, juchée dans une carriole rude et mal attelée, entourée de ma chère collection dramatique et patriotique, semblable, à cet égard, au divin Homère, qui gagnait, dit-on, sa vie en récitant de ville en ville les vers de son poème immortel. Ah! voilà le point où nous différons de beaucoup. Vous emportez un portefeuille plein d'excellents projets qui n'ont pas réussi; je vais, moi, faire connaître à l'étranger les écrits d'une femme qui auraient peut-être sauvé la patrie, si on ne les eût pas d'abord dédaignés et calomniés, mais qu'on ne suit pas moins actuellement; voilà encore où nous différons le plus.

Ne croyez cependant pas, Monsieur, que je veuille profiter de la défaveur dont le public, aujourd'hui moins enthousiasmé, vous accable; je me suis permis quelquefois de vous donner des avis, dans le temps où vous étiez le Dieu de la France; avis que vous avez mal saisis et auxquels vous n'avez pas même daigné répondre, quoique vous les ayez mis en usage trop tard l'année suivante. Eh bien! je n'ai point de rancune, et je veux encore vous donner un conseil; si vous refusez de nouveau de m'écouter, tant pis pour vous; le plus grand homme ne s'abaisse point en recevant les avis d'une femme, quand ils ne tendent qu'à l'élever.

Vous reçûtes le premier l'hommage de mon projet d'une caisse patriotique; tous les ministres m'en firent leurs remerciements, et quoique, dans cet écrit, je n'épargnasse pas les hommes en place, leur caractère despote s'était du moins contraint jusqu'à répondre le plus poliment possible au zèle d'une femme et au but louable de ses écrits.

Vous seul, Monsieur, avez paru me dédaigner, et vous me forcez à vous en faire un reproche public; mais que dis-je! Ce n'est point le ressentiment de votre conduite qui m'anime aujourd'hui, c'est l'amour de ma patrie; et quand les hommes sont véritablement grands, je sais leur rendre hommage; quand ils ne paraissent pas tels à mes yeux, une louange fausse et intéressée ne peut sortir de ma bouche.

Voilà mon caractère, mes écrits et ma conduite l'ont fait connaître assez. Ainsi, Monsieur, vous ne pouvez, ni vous fâcher, ni même vous plaindre d'une franchise que j'avais manifestée dans un temps où l'Assemblée nationale n'avait pas encore établi l'homme dans tous ses droits. Nous vous devons en partie, je le sais, ce bonheur;

et nous vous le devrions peut-être en entier, si Jean-Jacques ne nous avait appris que le philosophe qui voit agir les hommes dans un petit cercle, les verrait agir bien différemment, quand ils sont en grand nombre, mêlés confusément. N'en recevez pas moins mes remerciements pour ce bienfait.

Qu'il est cependant dangereux, Monsieur, de détourner les hommes de leurs habitudes ordinaires, quand ils ont pris un certain aplomb! Il en est des gouvernements policés comme des ruches d'abeilles; approchez-vous de ces ruches sans précaution, vous dérangez les abeilles de leur travail, elles s'échappent, elles vous piquent; l'essaim se disperse; il est perdu. Voilà, ce me semble, l'allégorie la plus vraie de notre situation.

J'ai, Monsieur, des idées bien bizarres ou bien originales en ce moment, quand je pense que l'égalité parmi les hommes ne peut avoir lieu que quand l'ignorance est égale : eh! où est cette universelle ignorance? cette universelle égalité? tout, dans la nature, est subordonné; tout est soumis à une certaine supériorité dans ses trois règnes.

Mais ce n'est point de la philosophie dont je veux embellir mes adieux; souffrez un bavardage plus utile à ma patrie et à vous-même, Monsieur; oui, un bavardage, je tranche le mot, car souvent la multitude de mes idées m'égare, et j'ai alors bien de la peine à me retrouver. C'est ce qui a fait dire souvent à mes lecteurs : « Si cette femme n'avait pas de fusées dans la tête, elle nous dirait quelquefois d'excellentes choses. » Prenez donc mes adieux tels qu'ils seront; je suis, dans mes écrits, l'élève de la nature; je dois être, comme elle, irrégulière, bizarre même; mais aussi toujours vraie, toujours simple.

Quel est donc, direz-vous, quel est donc le but de cet écrit? Ah! sans doute, j'en ai plus d'un, et tous, j'ose le dire, sont bien louables. Je voudrais que le roi de France remontât sur son trône; que la nation reconnût qu'il en est descendu pour le malheur de la France; que les Français, quittant le sabre et la giberne, se réunissent à la tête de leurs affaires; que les districts ne fussent composés que de vieux pères de famille, de ces respectables patriarches qui ne sont plus propres qu'à donner de sages avis à leurs enfants; que la garde nationale non soldée ne fût sous les armes que dans des circonstances véritablement orageuses pour la tranquillité publique, comme dans celle-ci, où l'effervescence du peuple semblait vouloir se joindre à la discussion de l'Assemblée nationale. Que de réflexions à faire à ce sujet!

Par ailleurs, qu'ai-je dit aux colons? Je les ai exhortés à traiter leurs esclaves avec plus de douceur et de générosité. Mais ils ne veulent pas perdre la plus légère partie de leurs revenus. Voilà le sujet de leurs craintes, de leur rage et de leur barbarie.

Il en est de même aujourd'hui des combats impuissants du clergé. S'il avait proposé d'abord les 400 millions qu'il offre en ce moment, sans doute ses biens seraient restés sacrés.

Si le Roi eût fait avec franchise, sans réticence, sans ruse et sans arrière-pensée et en suivant mes avis, les concessions qu'on lui demandait, il n'en serait pas où il est.

J'ai donné en pur don mes écrits à tous mes concitoyens. Vous n'avez pas lu, Monsieur, mon nom sur la liste des pensions ordinaires et extraordinaires, sur le livre rouge, sur l'état de la cassette, etc. Et de crainte que mon désintéressement ne fût soupçonné à la Cour, je ne les ai pas encore présentés à mon roi. C'est au moment de mon départ que j'irai les lui offrir. Comme il lit tout, il ne dédaignera pas sans doute de parcourir les écrits d'une femme; il y rencontrera peut-être de bonnes idées, de grands projets, qui méritaient au moins plus de reconnaissance de la part des Français : je lui demanderai pour toute récompense, ce qui est peut-être encore en son pouvoir, une lettre de recommandation en faveur de mon fils auprès d'un aide de camp de M. de La Fayette; et à ma nation, le privilège d'élever le second théâtre Français dont je lui ai donné le projet dès ses premières assemblées, théâtre demandé aujourd'hui par le public et par les auteurs eux-mêmes; et si on l'accorde à celui qui a le droit de l'invention, à tous égards, peut-être cette préférence m'est due.

Je ne m'attends cependant pas, Monsieur, qu'une femme qui s'est rendue utile à la Patrie puisse parvenir à obtenir cette récompense.

DÉCLARATION DES DROITS DE LA FEMME, DÉDIÉE À LA REINE

1791

Le texte le plus important écrit par Olympe de Gouges, en tout cas le plus audacieux, le plus imaginatif et le plus moderne.

Madame,

I

Peu faite au langage que l'on tient aux Rois, je n'emploierai point l'adulation des Courtisans pour vous faire hommage de cette singulière production. Mon but, Madame, est de vous parler franchement; je n'ai pas attendu, pour m'exprimer ainsi, l'époque de la Liberté : je me suis montrée avec la même énergie dans un temps où l'aveuglement des Despotes punissait une si noble audace.

Lorsque tout l'Empire vous accusait et vous rendait responsable de ses calamités, moi seule, dans un temps de trouble et d'orage, j'ai eu la force de prendre votre défense. Je n'ai jamais pu me persuader qu'une Princesse, élevée au sein des grandeurs, eût tous les vices de la bassesse...

Il n'appartient qu'à celle que le hasard a élevée à une place éminente, de donner du poids à l'essor des Droits de la Femme, et d'en accélérer les succès. Si vous étiez moins instruite, Madame, je pourrais craindre que vos intérêts particuliers ne l'emportassent sur ceux de votre sexe. Vous aimez la gloire : songez, Madame, que les plus grands crimes s'immortalisent comme les plus grandes vertus; mais quelle différence de célébrité dans les fastes de l'histoire! L'une est sans cesse prise pour exemple, et l'autre est éternellement l'exécration du genre humain.

On ne vous fera jamais un crime de travailler à la restauration des mœurs, à donner à votre sexe toute la consistance dont il est susceptible. Cet ouvrage n'est pas le travail d'un jour, malheureusement pour le nouveau régime. Cette révolution ne s'opérera que quand toutes les femmes seront pénétrées de leur déplorable sort, et des droits qu'elles ont perdus dans la société. Soutenez, Madame, une si belle cause; défendez ce sexe malheureux, et vous aurez bientôt pour vous une moitié du royaume, et le tiers au moins de l'autre.

Voilà, Madame, voilà par quels exploits vous devez vous signaler et employer votre crédit. Croyez-moi, Madame, notre vie est bien peu de chose, surtout pour une Reine, quand cette vie n'est pas embellie par l'amour des peuples, et par les charmes éternels de la bienfaisance...

Voilà, Madame, voilà quels sont mes principes. En vous parlant de ma patrie, je perds de vue le but de cette dédicace. C'est ainsi que tout bon Citoyen sacrifie sa gloire, ses intérêts, quand il n'a pour objet que ceux de son pays.

Je suis avec le plus profond respect,

Madame,

Votre très-humble et très-obéissante servante,
De Gouges.

DÉCLARATION DES DROITS DE LA
FEMME ET DE LA CITOYENNE,

À décréter par l'Assemblée nationale dans ses dernières séances ou dans celle de la prochaine législature.

PRÉAMBULE

Homme, es-tu capable d'être juste ? C'est une femme qui t'en fait la question ; tu ne lui ôteras pas du moins ce droit. Dis-moi ? Qui t'a donné le souverain empire d'opprimer mon sexe ? ta force ? tes talents ? Observe le créateur dans sa sagesse ; parcours la nature dans toute sa grandeur, dont tu sembles vouloir te rapprocher, et donne-moi, si tu l'oses, l'exemple de cet empire tyrannique. Remonte aux animaux, consulte les éléments, étudie les végétaux, jette enfin un coup d'œil sur toutes les modifications de la matière organisée ; et rends-toi à l'évidence quand je t'en offre les moyens ; cherche, fouille et distingue, si tu le peux, les sexes dans l'administration de la nature. Partout tu les trouveras confondus, partout ils coopèrent avec un ensemble harmonieux à ce chef-d'œuvre immortel.

L'homme seul s'est fagoté un principe de cette exception. Bizarre, aveugle, boursouflé de sciences et dégénéré, dans ce siècle de lumières et de sagacité, dans l'ignorance la plus crasse, il veut commander en despote sur un sexe qui a reçu toutes les facultés intellectuelles ; qui prétend jouir de la révolution, et réclamer ses droits à l'égalité, pour ne rien dire de plus.

Les mères, les filles, les sœurs, représentantes de la Nation, demandent d'être constituées en assemblée nationale. Considérant que l'ignorance, l'oubli ou le mépris des droits de la femme, sont les seules causes des malheurs publics et de la corruption des gouvernements, ont résolu d'exposer dans une déclaration solennelle, les droits naturels, inaliénables et sacrés de la femme, afin que cette déclaration, constamment présente à tous les membres du corps social, leur rappelle sans cesse leurs droits et leurs devoirs, afin que les actes du pouvoir des femmes, et ceux du pouvoir des hommes, pouvant être à chaque instant comparés avec le but de toute institution politique, en soient plus respectés, afin que les réclamations des citoyennes, fondées désormais sur des principes simples et incontestables, tournent toujours au maintien de la constitution, des bonnes mœurs, et au bonheur de tous.

En conséquence, le sexe supérieur en beauté, comme en courage dans les souffrances maternelles, reconnaît et déclare, en présence et sous les auspices de l'Être suprême, les Droits suivants de la Femme et de la Citoyenne.

ARTICLE PREMIER

La Femme naît libre et demeure égale à l'homme en droits. Les distinctions sociales ne peuvent être fondées que sur l'utilité commune.

II

Le but de toute association politique est la conservation des droits naturels et imprescriptibles de la Femme et de l'Homme : ces droits sont la liberté, la propriété, la sûreté, et surtout la résistance à l'oppression.

III

Le principe de toute souveraineté réside essentiellement dans la Nation, qui n'est que la réunion de la Femme et de l'Homme : nul corps, nul individu, ne peut excercer d'autorité qui n'en émane expressément.

IV

La liberté et la justice consistent à rendre tout ce qui appartient à autrui; ainsi l'exercice des droits naturels de la femme n'a de bornes que la tyrannie perpétuelle que l'homme lui oppose; ces bornes doivent être réformées par les lois de la nature et de la raison.

V

Les lois de la nature et de la raison défendent toutes actions nuisibles à la société : tout ce qui n'est pas défendu par ces lois, sages et divines, ne peut être empêché, et nul ne peut être contraint à faire ce qu'elles n'ordonnent pas.

VI

La Loi doit être l'expression de la volonté générale; toutes les Citoyennes et Citoyens doivent concourir personnellement, ou par leurs représentants, à sa formation; elle doit être la même pour tous : toutes les citoyennes et tous les citoyens, étant égaux à ses yeux, doivent être également admissibles à toutes dignités, places et emplois publics, selon leurs capacités, et sans autres distinctions que celles de leurs vertus et de leurs talents.

VII

Nulle femme n'est exceptée; elle est accusée, arrêtée, et détenue dans les cas déterminés par la Loi. Les femmes obéissent comme les hommes à cette Loi rigoureuse.

VIII

La loi ne doit établir que des peines strictement et évidemment nécessaires, et nul ne peut être puni qu'en vertu d'une Loi établie et promulguée antérieurement au délit et légalement appliquée aux femmes.

IX

Toute femme étant déclarée coupable, toute rigueur est exercée par la Loi.

X

Nul ne doit être inquiété pour ses opinions mêmes fondamentales; la femme a le droit de monter sur l'échafaud; elle doit avoir également celui de monter à la Tribune, pourvu que ses manifestations ne troublent pas l'ordre public établi par la Loi.

XI

La libre communication des pensées et des opinions est un des droits les plus précieux de la femme, puisque cette liberté assure la légitimité des pères envers les enfants. Toute Citoyenne peut donc dire librement : je suis mère d'un enfant qui vous appartient, sans qu'un préjugé barbare la force à dissimuler la vérité; sauf à répondre de l'abus de cette liberté dans les cas déterminés par la Loi.

XII

La garantie des droits de la femme et de la citoyenne nécessite une utilité majeure; cette garantie doit être instituée pour l'avantage de tous, et non pour l'utilité particulière de celles à qui elle est confiée.

XIII

Pour l'entretien de la force publique, et pour les dépenses d'administration, les contributions de la femme et de l'homme sont égales; elle a part à toutes les corvées, à toutes les tâches pénibles; elle doit donc avoir de même part à la distribution des places, des emplois, des charges, des dignités et de l'industrie.

XIV

Les Citoyennes et Citoyens ont le droit de constater par eux-mêmes, ou par leurs représentants, la nécessité de la contribution publique. Les Citoyennes ne peuvent y adhérer que par l'admission d'un partage égal, non seulement dans la fortune, mais encore dans l'administration publique, et le droit de déterminer la quotité, l'assiette, le recouvrement et la durée de l'impôt.

XV

La masse des femmes, coalisée pour la contribution à celle des hommes, a le droit de demander compte, à tout agent public, de son administration.

XVI

Toute société, dans laquelle la garantie des droits n'est pas assurée, ni la séparation des pouvoirs déterminée, n'a point de constitution; la constitution est nulle, si la majorité des individus qui composent la Nation, n'a pas coopéré à sa rédaction.

XVII

Les propriétés sont à tous les sexes réunis ou séparés; elles sont pour chacun un droit inviolable et sacré; nul ne peut en être privé comme vrai patrimoine de la Nature, si ce n'est lorsque la nécessité publique, légalement constatée, l'exige évidemment, et sous la condition d'une juste et préalable indemnité.

POSTAMBULE

Femme, réveille-toi; le tocsin de la raison se fait entendre dans tout l'univers; reconnais tes droits. Le puissant empire de la Nature n'est plus environné de préjugés, de fanatisme, de superstition et de mensonges. Le flambeau de la vérité a dissipé tous les nuages de la sottise et de l'usurpation. L'homme esclave a multiplié ses forces, a eu besoin de recourir aux tiennes pour briser ses fers. Devenu libre, il est devenu injuste envers sa compagne. Ô femmes! femmes, quand cesserez-vous d'être aveugles? Quels sont les avantages que vous avez recueillis dans la révolution? Un mépris plus marqué, un dédain plus signalé. Dans les siècles de corruption vous n'avez régné que sur la faiblesse des hommes. Votre empire est détruit; que vous reste-t-il donc? La conviction des injustices de l'homme. La réclamation de votre patrimoine fondée sur les sages décrets de la Nature. Qu'auriez-vous à redouter pour une si belle entreprise? Le bon mot du Législateur des noces de Cana? Craignez-vous que nos Législateurs français, correcteurs de cette morale, longtemps accrochée aux branches de la politique, mais qui n'est plus de saison, ne vous répètent : femmes, qu'y a-t-il de commun entre vous et nous? Tout, auriez-vous à répondre. S'ils s'obstinaient, dans leur faiblesse, à mettre cette inconséquence en contradiction avec leurs principes, opposez courageusement la force de la raison aux vaines prétentions de supériorité; réunissez-vous sous les étendards de la philosophie; déployez toute l'énergie de votre caractère, et vous verrez bientôt ces orgueilleux, nos serviles adorateurs rampants à vos pieds, mais fiers de partager avec vous les trésors de l'Être Suprême. Quelles que soient les barrières que l'on vous oppose, il est en votre pouvoir de vous en affranchir; vous n'avez qu'à le vouloir.

Passons maintenant à l'effroyable tableau de ce que vous avez été dans la société; et puisqu'il est question, en ce moment, d'une éducation nationale, voyons si nos sages Législateurs penseront sainement sur l'éducation des femmes.

Les femmes ont fait plus de mal que de bien. La contrainte et la dissimulation ont été leur partage. Ce que la force leur avait ravi, la ruse leur a rendu; elles ont eu recours à toutes les ressources de leurs charmes, et le plus irréprochable ne leur résistait pas. Le poison, le fer, tout leur était soumis; elles commandaient au crime comme à la vertu. Le gouvernement français, surtout, a dépendu, pendant des siècles, de l'administration nocturne des femmes; le cabinet n'avait point de secret pour leur indiscrétion; ambassade, commandement, ministère, présidence, pontificat, cardinalat, enfin tout ce qui caractérise la sottise des hommes, profane et sacré, tout a été soumis à la cupidité et à l'ambition de ce sexe autrefois méprisable et respecté, et depuis la révolution, respectable et méprisé.

Dans cette sorte d'anthithèse, que de remarques n'ai-je point à offrir! je n'ai qu'un moment pour les faire, mais ce moment fixera l'attention de la postérité la plus reculée. Sous l'Ancien Régime, tout était vicieux, tout était coupable; mais ne pourrait-on pas apercevoir l'amélioration des choses dans la substance même des vices? Une femme n'avait besoin que d'être belle ou aimable; quand elle possédait ces deux avantages, elle voyait cent fortunes à ses pieds. Si elle n'en profitait pas, elle avait un caractère bizarre, ou une philosophie peu commune, qui la portait au mépris des richesses; alors elle n'était plus considérée que comme une mauvaise tête. La plus indécente se faisait respecter avec de l'or. Le commerce des femmes était une espèce d'industrie reçue dans la première classe, qui, désormais, n'aura plus de crédit. S'il en avait encore, la révolution serait perdue, et sous de nouveaux rapports, nous serions toujours corrompus. Cependant la raison peut-elle se dissimuler que tout autre chemin à la fortune est fermé à la femme, que l'homme achète, comme l'esclave sur les côtes d'Afrique? La différence est grande; on le sait. L'esclave commande au maître; mais si le maître lui donne la liberté sans récompense, et à un âge où l'esclave a perdu tous ses charmes, que devient cette infortunée? Le jouet du mépris; les portes mêmes de la bienfaisance lui sont fermées; elle est pauvre et vieille, dit-on; pourquoi n'a-t-elle pas su faire fortune? D'autres exemples encore plus touchants s'offrent à la raison. Une jeune personne sans expérience, séduite par un homme qu'elle aime, abandonnera ses parents pour le suivre; l'ingrat la laissera après quelques années, et plus elle aura vieilli avec lui, plus son inconstance sera inhumaine. Si elle a des enfants, il l'abandonnera de même. S'il est riche, il se croira dispensé de partager sa fortune avec ses nobles victimes. Si quelque engagement le lie à ses devoirs, il en violera la puissance en espérant tout des lois. S'il est marié, tout autre engagement perd ses droits. Quelles lois reste-t-il donc à faire pour extirper le vice jusque dans la racine? Celle du partage des fortunes entre les hommes et les femmes, et de l'administration publique. On conçoit aisément que celle qui est née d'une famille riche, gagne beaucoup avec l'égalité des partages. Mais celle qui est née d'une famille pauvre, avec du mérite et des vertus, quel est son lot? La pauvreté et l'opprobre. Si elle n'excelle pas précisément en musique ou en peinture, elle ne peut être admise à aucune fonction publique, quand elle en aurait toute la capacité. Je ne veux donner qu'un aperçu des choses, je les approfondirai dans la nouvelle édition de tous mes ouvrages politiques que je me propose de donner au public dans quelques jours, avec des notes.

Je reprends mon texte quant aux mœurs. Le mariage est le tombeau de la confiance et de l'amour. La femme mariée peut impunément donner des bâtards à son mari, et la fortune qui ne leur appartient pas. Celle qui ne l'est pas, n'a qu'un faible droit : les lois anciennes et inhumaines lui refusaient ce droit sur le nom et sur le bien de leur père, pour ses enfants, et l'on n'a pas fait de nouvelles lois sur cette matière. Si tenter de donner à mon sexe une consistance honorable et juste, est considéré dans ce moment comme un paradoxe de ma part, et comme tenter l'impossible, je laisse aux hommes à venir la gloire de traiter cette matière; mais, en attendant, on peut la préparer par l'éducation nationale, par la restauration des mœurs et par les conventions conjugales.

Forme du Contrat social de l'Homme et de la Femme

Nous *N* et *N,* mus par notre propre volonté, nous unissons pour le terme de notre vie, et pour la durée de nos penchants mutuels, aux conditions suivantes : Nous entendons et voulons mettre nos fortunes en communauté, en nous réservant cependant le droit de les séparer en faveur de nos enfants, et de ceux que nous pourrions avoir d'une inclination particulière, reconnaissant mutuellement que notre bien appartient directement à nos enfants, de quelque lit qu'ils sortent, et que tous indistinctement ont le droit de porter *le nom des pères et mères* qui les ont avoués, et nous imposons de souscrire à la loi qui punit l'abnégation de son propre sang. Nous nous obligeons également, au cas de séparation, de faire le partage de notre fortune, et de prélever la portion de nos enfants indiquée par la loi; et, au cas d'union parfaite, celui qui viendrait à mourir, se désisterait de la moitié de ses propriétés en faveur de ses enfants; et si l'un mourait sans enfants, le survivant hériterait de droit, à moins que le mourant n'ait disposé de la moitié du bien commun en faveur de qui il jugerait à propos.

Voilà à peu près la formule de l'acte conjugal dont je propose l'exécution. À la lecture de ce bizarre écrit, je vois s'élever contre moi les tartuffes, les bégueules, le clergé et toute la séquelle infernale. Mais combien il offrira aux sages de moyens moraux pour arriver à la perfectibilité d'un gouvernement heureux! j'en vais donner en peu de mots la preuve physique. Le riche Épicurien sans enfants, trouve fort bon d'aller chez son voisin pauvre augmenter sa famille. Lorsqu'il y aura une loi qui autorisera la femme du pauvre à faire adopter au riche ses enfants, les liens de la société seront plus resserrés, et les mœurs plus épurées [1]. Cette loi conservera peut-être le bien de la communauté, et retiendra le désordre qui conduit tant de victimes dans les hospices de l'opprobre, de la bassesse et de la dégénération des principes humains, où, depuis longtemps, gémit la Nature.

---

1. Abraham eut ainsi des enfants très légitimes d'Agar, servante de sa femme.

Textes politiques 111

Que les détracteurs de la saine philosophie cessent donc de se récrier contre les mœurs primitives, ou qu'ils aillent se perdre dans la source de leurs citations.

Je voudrais encore une loi qui avantageât les veuves et les demoiselles trompées par les fausses promesses d'un homme à qui elles se seraient attachées; je voudrais, dis-je, que cette loi forçât un inconstant à tenir ses engagements, ou à une indemnité proportionnée à sa fortune. Je voudrais encore que cette loi fût rigoureuse contre les femmes, du moins pour celles qui auraient le front de recourir à une loi qu'elles auraient elles-mêmes enfreinte par leur inconduite, si la preuve en était faite.

Je voudrais, en même temps, comme je l'ai exposé dans *le Bonheur primitif de l'homme,* en 1788, que les filles publiques fussent placées dans des quartiers désignés. Ce ne sont pas les femmes publiques qui contribuent le plus à la dépravation des mœurs, ce sont les femmes de la société. En restaurant les dernières, on modifie les premières. Cette chaîne d'union fraternelle offrira d'abord le désordre, mais par les suites, elle produira à la fin un ensemble parfait.

J'offre un moyen invincible pour élever l'âme des femmes : c'est de les joindre à tous les exercices de l'homme. Si l'homme s'obstine à trouver ce moyen impraticable, qu'il partage sa fortune avec la femme, non à son caprice, mais par la sagesse des lois. Le préjugé tombe, les mœurs s'épurent, et la Nature reprend tous ses droits. Ajoutez-y le mariage des prêtres, le Roi raffermi sur son trône, et le gouvernement français ne saurait plus périr.

Il était bien nécessaire que je dise quelques mots sur les troubles que cause, dit-on, le décret en faveur des hommes de couleur, dans nos îles. C'est là où la Nature frémit d'horreur; c'est là où la raison et l'humanité, n'ont pas encore touché les âmes endurcies; c'est là surtout où la division et la discorde agitent leurs habitants. Il n'est pas difficile de deviner les instigateurs de ces fermentations incendiaires : il y en a dans le sein même de l'Assemblée nationale : ils allument en Europe le feu qui doit embraser l'Amérique. Les Colons prétendent régner en despotes sur des hommes dont ils sont les pères et les frères; et méconnaissant les droits de la nature, ils en poursuivent la source jusque dans la plus petite teinte de leur sang. Ces Colons inhumains disent : notre sang circule dans leurs veines, mais nous le répandrons tout, s'il le faut, pour assouvir notre cupidité ou notre aveugle ambition. C'est dans ces lieux, les plus près de la Nature, que le père méconnaît le fils; sourd aux cris du sang, il en étouffe tous les charmes. Que peut-on espérer de la résistance qu'on lui oppose? la contraindre avec violence, c'est la rendre terrible, la laisser encore dans les fers, c'est acheminer toutes les calamités vers l'Amérique. Une main divine semble répandre partout l'apanage de l'homme, *la liberté;* la loi seule a le droit de réprimer cette liberté, si elle dégénère en licence; mais elle doit être égale pour tous, c'est elle surtout qui doit renfermer l'Assemblée nationale dans son décret, dicté par la prudence et par la justice. Puisse-t-elle agir de même pour l'état de la France, et se rendre aussi attentive sur les nouveaux abus, comme elle l'a été sur les anciens qui deviennent chaque jour plus effroyables! Mon opinion serait encore de raccommoder le pouvoir exécutif avec le pouvoir législatif, car il me semble que l'un est tout, et que l'autre n'est rien; d'où naîtra, malheureusement peut-être, la perte de l'Empire français. Je considère ces deux pouvoirs, comme l'homme et la femme qui doivent être unis, mais égaux en force et en vertu, pour faire un bon ménage.

PLAIDOYER POUR LE DROIT AU DIVORCE
ET UN STATUT ÉQUITABLE
POUR LES ENFANTS NATURELS
EXTRAIT D'UNE MOTION AU DUC D'ORLÉANS

Le droit au divorce, que réclame déjà Olympe en 1790, ne sera légalisé par la Convention que deux ans plus tard. Il favorisait surtout les femmes et Napoléon se hâtera de l'interdire à nouveau, interdiction qui durera plus d'un siècle.

Je n'insisterai pas sur le divorce que j'ai proposé, quoique d'après mon opinion, je pense qu'il est très nécessaire aux mœurs et à la liberté de l'homme : son plus cher intérêt, est celui de la postérité...

Cependant, un préjugé d'opprobre prive les enfants naturels de tout concours aux places et aux rangs ordinaires de la Société; nous extirpons tous les abus, comment pourrions-nous laisser exister celui-là!

Ce préjugé me paraît d'autant plus absurde, ridicule, dénaturé, que si un prince donne *l'être* à un enfant né du sein de la plus vile des femmes, il n'en sera pas moins gentilhomme...

Mais, ne touchons pas cependant aux droits du mariage, de crainte d'ébranler l'ordre de la société; ne cherchons qu'à effacer l'injustice qui a fait trop longtemps la perte de la moitié des hommes; donnons aux enfants naturels le même moyen de se distinguer par l'honneur et le mérite dans la Société. Un bâtard peut joindre aux talents la qualité d'honnête homme et sa naissance ne doit pas le priver de s'allier à une famille respectable et de parvenir à une place honorable.

Il manquait à la Constitution cet article : si vous l'adoptez, Messieurs, je m'applaudirai sans cesse de l'avoir proposé.

PRÉFACE POUR LES DAMES
OU LE PORTRAIT DES FEMMES
1791

Dans cette préface à sa pièce Mirabeau aux Champs-Élysées, Olympe de Gouges *conjure une nouvelle fois les femmes de devenir plus solidaires. À la barre de l'Assemblée, quelques mois plus tard, elle reprendra le même thème qui lui tint toujours à cœur :* « Femmes, ne serait-il pas grand temps qu'il se fît aussi parmi nous une révolution? Les femmes seront-elles toujours isolées les unes des autres et ne feront-elles jamais corps avec la société que pour médire de leur sexe et faire pitié à l'autre? Tant qu'on ne fera rien pour élever l'âme des femmes, tant qu'elles ne contribueront pas à se rendre plus utiles, plus conséquentes, l'État ne peut prospérer. » *C'est le même appel qu'elle lance ici à ses très chères Sœurs.*

Mes très chères Sœurs, c'est à vous à qui je recommande tous les défauts qui fourmillent dans mes productions. Puis-je me flatter que vous voudrez bien avoir la générosité ou la prudence de les justifier; ou n'aurais-je point à craindre de votre part plus de rigueur, plus de sévérité que la critique la plus austère de nos Savants, qui veulent tout envahir, et ne nous accordent que le droit de plaire? Les hommes soutiennent que nous ne sommes propres exactement qu'à conduire un ménage ; et que les femmes qui tendent à l'esprit, et se livrent avec prétention à la Littérature, sont des Êtres insupportables à la société : n'y remplissant pas les utilités, elles en deviennent l'ennui. Je trouve qu'il y a quelque fondement dans ces différents systèmes, mais mon sentiment est que les femmes peuvent réunir les avantages de l'esprit avec les soins du ménage, même avec les vertus de l'âme, et les qualités du cœur ; y joindre la beauté, la douceur du caractère, ferait un modèle rare, j'en conviens : mais qui peut prétendre à la perfection ? Nous n'avons point de Pygmalion comme les Grecs, par conséquent point de Galatée. Il faudrait donc, mes très chères Sœurs, être plus indulgentes entre nous pour nos défauts, nous les cacher mutuellement, et tâcher de devenir plus conséquentes en faveur de notre sexe. Est-il étonnant que les hommes l'oppriment, et n'est-ce pas notre faute ? Peu de femmes sont hommes par la façon de penser, mais il y en a quelques-unes, et malheureusement le plus grand nombre se joint impitoyablement au parti le plus fort, sans prévoir qu'il détruit lui-même les charmes de son empire. Combien ne devons-nous pas regretter cette antique Chevalerie, que nos hommes superficiels regardent comme fabuleuse, elle qui rendait les femmes si respectables et si intéressantes à la fois ! Avec quel plaisir les femmes délicates ne doivent-elles pas croire à l'existence de cette noble Chevalerie, lorsqu'elles sont forcées de rougir aujourd'hui d'être nées dans un siècle où les hommes semblent se plaire à afficher auprès des femmes l'opposé de ces sentiments si épurés, si respectueux, qui faisaient les beaux jours de ces heureux temps. Hélas ! Qui doit-on en accuser, et n'est-ce pas toujours nos imprudences et nos indiscrétions, mes très chères Sœurs ? Si je vous imite dans cette circonstance, en dévoilant nos défauts, c'est pour essayer de les corriger. Chacune avons les nôtres, nos travers, et nos qualités. Les hommes sont bien organisés à peu près de même, mais ils sont plus conséquents : ils n'ont pas cette rivalité de figure, d'esprit, de caractère, de maintien, de costume, qui nous divise, et qui fait leur amusement, leur instruction sur notre propre compte. Les femmes en général ont trop de prétentions à la fois, celles qui réunissent le plus d'avantages, sont ordinairement les plus insatiables. Si l'on vante un seul talent, une seule qualité dans une autre, aussitôt leur ridicule ambition leur fait trouver, dans celle dont il est question, cent défauts... Ah! mes Sœurs, mes très chères Sœurs, est-ce là ce que nous nous devons mutuellement? Les hommes se noircissent bien un peu, mais non pas autant que nous, et voilà ce qui établit leur supériorité, et qui entretient tous nos ridicules. Ne pouvons-nous pas plaire sans médire de nos égales? Car, je ne fais pas de différence entre la femme de l'Artisan qui sait se faire respecter, et la femme de Qualité qui s'oublie, et qui ne ménage pas plus sa réputation que celle d'autrui. Dans quelque cercle de femmes qu'on se rencontre, je demande si les travers d'esprit ne sont pas partout les mêmes? Les femmes de la Cour sont les originaux de toutes les copies des classes inférieures : ce sont elles qui donnent le ton des airs, de la tournure et des modes; il n'y a pas jusqu'à la femme de Procureur, qui ne veuille imiter ces mêmes airs; ajoutez-y l'épigramme et la satire entre elles, sans doute avec moins de naturel et de politique que les femmes de la Cour, mais toujours ne se faisant pas grâce dans l'une et l'autre classe du plus petit défaut. Pour les femmes de Spectacle, ah! je n'ose continuer, c'est ici où je balance : j'aurais trop de détails à développer, si j'entrais en matière. Elles sont universellement inexorables envers leur sexe, c'est-à-dire en général, puisqu'il n'y a pas de règle sans exception; mais celles qui abusent de la fortune et de la réputation, et qui sont loin de prévoir souvent des revers affreux, sont intraitables, sous quelque point de vue qu'on les prenne; aveuglées sur leur triomphe, elles s'érigent en Souveraines, et s'imaginent que le reste des femmes n'est fait que pour être leur esclave et ramper à leurs pieds. Pour les Dévotes, ô Grand Dieu! je tremble de m'expliquer; je sens mes cheveux se dresser sur ma tête; à chaque instant du jour, elles profanent, par leurs excès, nos saints préceptes, qui ne respirent que la douceur, la bonté et la clémence.

(...)

Ô Femmes, Femmes de quelque espèce, de quelque état, de quelque rang que vous soyez, devenez plus simples, plus modestes, et plus généreuses les unes envers les autres. Il me semble déjà vous voir toutes réunies autour de moi, comme autant de furies poursuivant ma malheureuse existence, et me faire payer bien cher l'audace de vous donner des avis : mais j'y suis intéressée; et croyez qu'en vous donnant des conseils qui me sont nécessaires, sans doute, j'en prends ma part. Je ne m'étudie pas à exercer mes connaissances sur l'espèce humaine, en m'exceptant seulement : plus imparfaite que personne, je connais mes défauts, je leur fais une guerre ouverte; et en m'efforçant de les détruire, je les livre à la censure publique. Je n'ai point de vices à cacher, je n'ai que des défauts à montrer. Eh! quel est celui ou celle qui pourra me refuser l'indulgence que méritent de pareils aveux? Tous les hommes ne voient pas de même; les uns approuvent ce que les autres blâment, mais en général la vérité l'emporte; et l'homme qui se montre tel qu'il est, quand il n'a rien d'informe ni de vicieux, est toujours vu sous un aspect favorable. Je serai peut-être un jour considérée sans aucune prévention de ma part, avec l'estime que l'on accorde aux ouvrages qui sortent des mains de la Nature. Je peux me dire une de ses rares productions; tout me vient d'elle; je n'ai eu d'autre Précepteur, et toutes mes réflexions philosophiques ne peuvent détruire les imperfections trop enracinées de mon éducation. Aussi m'a-t-on fait souvent le reproche de ne savoir pas m'étudier dans la société; que cet abandon de mon caractère me fait voir défavorablement : que cependant je pouvais être de ces femmes adorables, si je me négligeais moins. J'ai répondu souvent à ce verbiage, que je ne me néglige pas plus que je ne m'étudie; que je ne connais qu'un genre de contrainte, les faiblesses de la Nature que l'humanité ne peut vaincre qu'à force d'efforts.

Celle en qui l'amour-propre dompte les passions, peut se dire, à juste titre, la *Femme Forte*.

RÉPONSE À LA JUSTIFICATION
DE MAXIMILIEN ROBESPIERRE
ADRESSÉE À JÉRÔME PÉTION,
PRÉSIDENT DE LA CONVENTION

Sur la scène politique s'affrontent à partir de 1792 les extrémistes Montagnards et les modérés Girondins. Ceux-ci voudraient exclure de l'Assemblée Robespierre et Marat, partisans de « La Terreur ». Le 5 novembre, Robespierre triomphe à la tribune et retourne l'opinion. Le matin même, Olympe avait fait afficher contre lui dans tout Paris un texte incendiaire, une affiche rouge intitulée « PRONOSTIC SUR MAXIMILIEN ROBESPIERRE ». Le lendemain de son triomphe, elle l'accuse de démagogie dans une lettre publique.

nov. 1792

Modèle des philosophes, homme simple et vertueux que j'ai pu soupçonner un instant, pardonnez mon erreur, elle ne fut que passagère. La journée du 10 à qui nous devons tous, et le rapprochement des cœurs et des esprits, et la connaissance des perfidies d'un roi trop longtemps soutenu par la crédulité des bons citoyens, m'a dessillé les yeux.

Heureuse si dans l'ouvrage dramatique de la journée du 10, que je vais produire au grand jour de la représentation, je parvenais à rendre ce grand caractère que vous avez déployé dans les circonstances les plus terribles! Plus heureuse encore si le titre que j'ai donné à cette pièce, *La France sauvée* est le présage de la gloire de cette république et de ses destinées.

... Je sais que vous n'approuverez pas quelques expressions fortement prononcées contre Maximilien Robespierre : c'est un de ces jets que je n'ai pu retenir, quand j'ai cru voir la chose publique en danger. Mais à travers la chaleur des idées, vous y trouverez le reflet d'une âme bienfaisante qui servirait de bouclier aux conspirateurs si le fer des assassins se tournait contre eux. Telle est la base de mon caractère que tout le monde connaît.

Robespierre, tu viens de m'édifier : tu nous apprends que tu as renoncé à la juste vengeance du droit que tu as contre tes accusateurs. Tu ne demandes que le retour de la paix, l'oubli des haines particulières et le maintien de la liberté. Quelle subite métamorphose! Toi désintéressé? Toi, philosophe? Toi, ami de tes concitoyens, de la paix et de l'ordre? Je pourrais te citer cette maxime : Quand un méchant fait le bien, il prépare de grands maux... Cette ritournelle de ton ambition semble nous préparer une musique lugubre. Je puis me tromper, pardonne-moi. J'ai le fanatisme de l'amour de ma patrie, comme tu possèdes celui d'une ambition particulière.

Tu t'es présenté à la tribune pour te laver de toutes les dénonciations dont l'échafaudage a été laborieusement élevé contre toi. Certes, il est beau d'être calomnié quand on peut terrasser ses ennemis. Mais que tu es loin de ce triomphe de l'innocence qui ne laisse aucun doute sur l'accusé! Je te plains, Robespierre, et je t'abhorre. Vois quelle différence entre nos âmes. La mienne est véritablement républicaine : la tienne ne le fut jamais. Si j'ai paru voter pour la monarchie, c'est que j'avais la ferme persuasion que cette forme de gouvernement était plus propre à l'esprit français. Mais pourrais-tu disconvenir toi-même que mes principes en soient moins purs?

Et si j'ai cherché, comme Mirabeau, à conserver la monarchie constitutionnelle, c'était pour le bien de tous... Descends dans le dédale de ta conscience et démens-moi si tu l'oses...

... L'empire de la vérité n'est pas personnel à un homme, il appartient à tous ceux qui défendent les principes de la raison universelle. Tu conviendras du moins avec moi que les femmes n'en sont point exclues. Jamais tu n'aurais mieux parlé, jamais tu n'aurais été plus éloquent, plus persuasif si c'eût été ton langage naturel. Juge quel avantage ont sur toi les vrais philosophes. Toi, tu bouleverses les esprits sans les persuader, et Pétion au contraire les ramène. Il enflamme le cœur et l'âme...

Dis-moi, Maximilien, pourquoi redoutais-tu si fort, à la Convention, les hommes de lettres? Pourquoi t'a-t-on vu tonner à l'assemblée contre les philosophes à qui nous devons la destruction des tyrans?... Voulais-tu instruire les citoyens par l'ignorance de la Convention et en faire une assemblée de goujats? Ne prétendais-tu pas plutôt dominer sur elle? Réponds-moi je t'en conjure...

Sais-tu la distance qu'il y a de toi à Caton? Celle de Marat à Mirabeau, celle du maringouin à l'aigle et de l'aigle au soleil.

Je suis persuadée que tu te repais encore de l'espoir frivole de monter au degré des usurpateurs anciens et modernes... Un caprice, un engouement populaire, une extravagance révolutionnaire peuvent faire un prodige et donner le sceptre à un intrus.

En conséquence, je te propose de prendre avec moi un bain dans la Seine. Mais pour te laver entièrement des taches dont tu t'es couvert depuis le 10 août, nous attacherons des boulets de 16 ou de 24 à nos pieds et nous nous précipiterons ensemble dans les flots! Ta mort calmera les esprits et le sacrifice d'une vie pure désarmera le ciel.

DÉFENSE D'OLYMPE DE GOUGES
FACE AU TRIBUNAL RÉVOLUTIONNAIRE
1793

    Tribunal redoutable, devant lequel frémit le crime et l'innocence même, j'invoque ta rigueur, si je suis coupable. Mais écoute la vérité :
    L'ignorance et la mauvaise foi sont enfin parvenues à me traduire devant toi : je ne cherchais pas cet éclat. Contente d'avoir servi dans l'obscurité, la cause du peuple, j'attendais avec modestie et fierté une couronne distinguée que la postérité seule peut donner à juste titre à ceux qui ont bien mérité de la patrie. Pour obtenir cette couronne éclatante il me fallait sans doute être en butte à la plus noire des persécutions. Il fallait encore plus : il me fallait combattre la calomnie, l'envie et triompher de l'ingratitude. Une conscience pure et imperturbable, voilà mon défenseur.
    Pâlissez vils délateurs, votre règne passe comme celui des tyrans. Apôtres de l'anarchie et des massacres, je vous ai dénoncés depuis longtemps à l'humanité : voilà ce que vous n'avez pu me pardonner.
    Vieux esclaves des préjugés de l'Ancien Régime, valets gagés de la cour, républicains de quatre jours, il vous sied bien d'inculper une femme née avec un grand

caractère et une âme vraiment républicaine; vous me forcez à tirer vanité de ces avantages, dons précieux de la nature, de ma vie privée et de mes travaux patriotiques. Les taches que vous avez imprimées à la Nation Française ne peuvent être lavées que par votre sang que la loi fera bientôt couler sur l'échafaud. En me précipitant dans les cachots, vous avez prétendu vous défaire d'une surveillance nuisible à vos complots. Frémissez, Tyrans modernes! ma voix se fera entendre du fond de mon sépulcre. Mon audace vous met à pis faire, c'est avec le courage et les armes de la probité que je vous demande compte de la tyrannie que vous exercez sur les vrais soutiens de la patrie.

Et vous, magistrats qui allez me juger, apprenez à me connaître! Ennemie de l'intrigue, loin des systèmes, des partis qui ont divisé la France au milieu du choc des passions, je me suis frayé une route nouvelle; je n'ai vu que d'après mes yeux; je n'ai servi mon pays que d'après mon âme; j'ai bravé les sots, j'ai frondé les méchants et j'ai sacrifié ma fortune entière à la révolution.

Quel est le mobile qui a dirigé les hommes qui m'ont impliquée dans une affaire criminelle? La haine et l'imposture.

Robespierre m'a toujours paru un ambitieux, sans génie, sans âme. Je l'ai toujours vu prêt à sacrifier la nation entière pour parvenir à la dictature; je n'ai pu supporter cette ambition folle et sanguinaire et je l'ai poursuivi comme j'ai poursuivi les tyrans. La haine de ce lâche ennemi s'est cachée longtemps sous la cendre, et depuis, lui et ses adhérents attendaient avec avidité le moment favorable de me sacrifier à sa vengeance.

Les Français, sans doute, n'ont pas oublié ce que j'ai fait de grand et d'utile pour la patrie; j'ai vu depuis longtemps le péril imminent qui la menace et j'ai voulu par un nouvel effort la servir. Le projet des trois urnes développé dans un placard, m'a paru le seul moyen de la sauver, et ce projet est le prétexte de ma détention.

Les lois républicaines nous promettaient qu'aucune autorité illégale ne frapperait les citoyens; cependant un acte arbitraire, tel que les inquisiteurs, même de l'Ancien Régime, auraient rougi d'exercer sur les productions de l'esprit humain, vient de me ravir ma liberté, au milieu d'un peuple libre.

À l'article 7 de la Constitution, la liberté des opinions et de la presse n'est-elle pas consacrée comme le plus précieux patrimoine de l'homme? Ces droits, ce patrimoine, la Constitution même, ne seraient-ils que des phrases vagues, et ne présenteraient-ils que des sens illusoires? Hélas! j'en fais la triste expérience; Républicains, écoutez-moi jusqu'au bout avec attention. Depuis un mois, je suis aux fers; j'étais déjà jugée, avant d'être envoyée au tribunal révolutionnaire par le sanhédrin de Robespierre, qui avait décidé que dans huit jours je serais guillotinée. Mon innocence, mon énergie, et l'atrocité de ma détention ont fait faire sans doute à ce conciliabule de sang, de nouvelles réflexions; il a senti qu'il n'était pas aisé d'inculper un être tel que moi et qu'il lui sera difficile de se laver d'un semblable attentat; il a trouvé plus naturel de me faire passer pour folle. Folle ou raisonnable je n'ai jamais cessé de faire le bien de mon pays; vous n'effacerez jamais ce bien et malgré vous votre tyrannie même la transmettra en caractères ineffaçables chez les peuples les plus reculés; mais ce sont vos actes arbitraires et vos cyniques atrocités qu'il faut dénoncer à l'humanité et à la postérité.

Votre modification à mon arrêt de mort me produira un jour un sujet de drame bien intéressant; mais je continue de te poursuivre, caverne infernale, où les furies vomissent à grands flots le poison de la discorde, que tes énergumènes vont semer dans toute la République et produire la dissolution entière de la France si les vrais

Républicains ne se rallient pas autour de la statue de la Liberté.

Rome aux fers n'eut qu'un Néron; et la France libre en a cent.

Citoyens, ouvrez les yeux, il est temps, et ne perdez pas de vue ce qui suit :

J'apporte moi-même mon placard chez l'afficheur de la commune qui en demanda la lecture; sa femme, que je comparais dans ce moment à la servante de Molière, souriait et faisait des signes d'approbation pendant le cours de cette lecture; il est bon, dit-elle, je l'afficherai demain matin.

Quelle fut ma surprise le lendemain? Je ne vis pas mon affiche; je fus chez cette femme lui demander le motif de ce contretemps. Son ton et sa réponse grotesques m'étonnèrent bien davantage : elle me dit que je l'avais trompée et que mon affiche gazouillait bien différemment hier qu'elle ne gazouille aujourd'hui.

C'est ainsi, me disais-je, que les méchants parviennent à corrompre le jugement sain de la nature; mais ne désirant que le bien de mon pays, je me portais à dire à cette femme que je ferais un autodafé de mon affiche, si quelque personne capable d'en juger lui eût dit qu'elle pouvait nuire à la chose publique. Cet événement m'ayant fait faire quelques réflexions sur la circonstance heureuse qui paraissait ramener les départements, m'empêcha de publier cette affiche; je la fis passer au Comité de Salut public et je lui demandai son avis. J'attendais sa réponse pour en disposer.

Deux jours après, je me vis arrêtée et traînée à la Mairie où je trouvais le sage, le Républicain, l'impassible magistrat Marinor. Toutes ces rares qualités, vertus indispensables de l'homme en place, disparurent à mon aspect. Je ne vis plus qu'un lion rugissant, un tigre déchaîné, un forcené sur lequel un raisonnement philosophique n'avait fait qu'irriter les passions; après avoir

attendu trois heures en public son arrêt, il dit en inquisiteur à ses sbires : « Conduisez Madame au secret, et que personne au monde ne puisse lui parler. »
La veille de mon arrestation j'avais fait une chute, je m'étais blessée à la jambe gauche; j'avais la fièvre et mon indignation ne contribua pas peu à me rendre la plus infortunée des victimes. Je fus enfermée dans une mansarde de six pieds de long sur quatre de large où se trouvait placé un lit; un gendarme qui ne me quittait pas d'une minute jour et nuit, indécence dont la Bastille et les cachots de l'Inquisition n'offrent point d'exemple. Ces excès sont une preuve que l'esprit public est tout à fait dégénéré, et que les Français touchent au moment de leur fin cruelle si la Convention n'expulse ces hommes qui renversent les décrets et paralysent entièrement la loi.
Je n'ai cependant qu'à me louer de l'honnêteté et du respect des gendarmes. J'ajouterai même que ma douloureuse situation leur arracha plus d'une fois les larmes. La fièvre que j'avais toutes les nuits, un amas qui se formait dans ma jambe, tout appelait vers moi, quand j'aurais été criminelle, les secours bienfaisants de la sainte humanité. Ah! Français, je ne peux me rappeler ce traitement sans verser des larmes. Vous aurez de la peine à croire que des hommes, des magistrats soi-disant populaires, aient poussé la férocité jusqu'à me refuser pendant sept jours de faire appeler un médecin et de me faire apporter du linge. Vingt fois la même chemise que j'avais trempée de mes sueurs se reséchait sur mon corps. Une cuisinière du Maire de Paris, touchée de mon état, vint m'apporter une de ses chemises. Son bienfait fut découvert et j'appris que cette pauvre fille avait reçu les reproches les plus amers.
Quelques honnêtes administrateurs furent si indignés de ce traitement qu'ils déterminèrent l'époque de mes interrogatoires. Il est aisé de reconnaître dans ces

incroyables interrogatoires, la mauvaise foi et la partialité du juge qui m'interrogeait : « Vous n'aimez pas les Jacobins, me dit-il, et ils ont droit de ne pas vous aimer non plus! » « J'aime Monsieur, lui répondis-je avec la fierté de l'innocence, les bons citoyens qui composent cette société; mais je n'en aime pas les intrigants. » Il fallait, je le savais d'avance, flatter ces tigres, qui ne méritent pas de porter le nom d'hommes, pour être absous; mais celui qui n'a rien à se reprocher n'a rien à craindre, je les défiais; ils me menacèrent du tribunal révolutionnaire. « C'est là où je vous attends », leur dis-je. Il fallut mettre les scellés sur mes papiers. Le neuvième jour je fus conduite chez moi par cinq commissaires. Chaque papier qui tombait entre leurs mains était de nouvelles preuves de mon patriotisme et de mon amour pour la plus belle des causes. Ces commissaires, mal prévenus d'abord, et surpris de trouver tout à ma décharge, n'eurent point le courage d'apposer les scellés; ils ne purent s'empêcher de convenir dans leur procès-verbal que tous mes papiers manuscrits et imprimés ne respiraient que patriotisme et républicanisme. Il fallait me délivrer. C'est ici que mes juges s'embarrassent; revenir sur leurs pas, réparer une grande injustice en me priant d'oublier cet odieux traitement, un tel procédé n'est pas fait pour des âmes abjectes; ils trouvèrent plus agréable de me transférer à l'abbaye, où je suis depuis trois semaines, placée dans une de ces chambres où l'on voit le sang des victimes du deux septembre imprimé sur les murs. Quel spectacle douloureux pour ma sensibilité; en vain, je détourne mes yeux, mon âme est déchirée; je péris à chaque minute du jour sans terminer ma déplorable vie.

 Ce récit fidèle, bien au-dessous du traitement odieux que j'ai reçu, va fixer le tribunal révolutionnaire sur ma cause, et mettre fin à mes tourments. Quelle sera sa surprise et celle de la masse entière des Français, quand ils apprendront malheureusement trop tard, que mon projet des trois urnes pouvait sauver la France du joug honteux dont elle est menacée ; quand enfin, par une de ces grandes mesures que la providence inspire aux belles âmes je réveillais l'honneur de la nation et je la forçais à se lever tout entière pour détruire les rebelles et repousser l'étranger. Cette affiche et mon mémoire qui ne peuvent se placarder par l'étendue de la matière, vont, par le moyen de la distribution à la main, éclairer le public ; oui, mes concitoyens, ce comble d'iniquité va servir mon pays. À ce prix, je ne me plains plus ; et je rends grâce à la malveillance de m'avoir fourni encore cette occasion.

Et toi, mon fils, de qui j'ignore la destinée, viens en vrai Républicain te joindre à une mère qui t'honore ; frémis du traitement inique qu'on lui fait éprouver ; crains que mes ennemis ne fassent rejaillir sur toi les effets de leur calomnie. On voit dans le *Journal de l'observateur de l'Europe,* ou *l'Écho de la liberté,* à la feuille du 3 août, une lettre d'un dénonciateur gagé, datée de Tours, qui dit : « Nous avons ici le fils d'Olympe de Gouges pour Général. C'est un ancien serviteur du château de Versailles. » Il est facile de démentir un mensonge aussi grossier, mais les machinateurs ne cherchent pas à prouver ; il leur suffit seulement de jeter la défaveur sur la réputation d'un bon militaire. Si tu n'es pas tombé sous les coups de l'ennemi, si le sort te conserve pour essuyer mes larmes, abandonne ton rang à ceux qui n'ont d'autre talent que de déplacer les hommes utiles à la chose publique ; viens en vrai Républicain demander la loi du Talion contre les persécuteurs de ta mère.

OLYMPE DE GOUGES.

Textes dramatiques

Préfaces
Démêlés avec la Comédie-Française, les colons, la critique
Extraits de pièces

PRÉFACE
SANS CARACTÈRE

Parue en 1787 pour annoncer sa pièce Le Philosophe Corrigé ou Le Cocu Supposé *et qui constitue un autoportrait complaisant mais plein d'humour de l'auteur.*

Je n'ai pas l'avantage d'être instruite; et, comme je l'ai déjà dit, je ne sais rien. Je ne prendrai donc point le titre d'Auteur, quoique je me sois déjà annoncée au Public par deux Pièces de Théâtre qu'il a bien voulu accueillir. Aussi, ne pouvant imiter mes confrères, ni par les talents, ni par l'orgueil, j'écouterai la voix de la modestie qui me convient à tous égards. En conservant cette douce fierté, apanage de mon sexe, je prie le Lecteur de me lire sans prévention et de me juger de même.

Je touche au moment terrible, où l'Écrivain le plus prévenu de son mérite frémit à l'approche du jour qui doit décider de sa honte ou de sa gloire. Ô préjugé atroce, dont le plus honnête homme n'est point exempt! Le plus vil des humains est fêté, chéri, considéré, si son ouvrage a du succès. Le plus honnête qui échoue, éprouve une espèce de déshonneur, un tel ridicule, que ses amis même l'abandonnent. Voilà le sort de ceux qui courent la carrière du Théâtre; m'y voilà moi-même montée avec autant de rapidité que j'en descendrai peut-être.

Zamor et Mirza ou *l'Heureux Naufrage,* premier essai de mes faibles talents, reçu à la Comédie-Française, est aujourd'hui le sujet de mes craintes et de mes alarmes.

Je laisse, pour un moment, les observations que je dois faire au public à ce sujet, pour lui communiquer le motif qui m'a décidée à faire imprimer *le Philosophe corrigé, ou le Cocu supposé.* Quel temps! quelles mœurs, pour oser mettre au jour *le Cocu supposé!* Cet intitulé est affreux, dira-t-on, et indigne d'être employé par une femme. En littérature une femme ne tient pas à son sexe; mais la bienséance, le respect que j'ai pour les femmes qui ressemblent à Madame de Clainville, m'engagent à prier ce petit nombre, ou le grand, si on le préfère, car je ne veux fâcher personne, de lire cette Pièce avant de se révolter contre le titre. Quant aux prudes, je ne pourrai jamais obtenir leur suffrage, et pour un *intitulé,* me voilà pour jamais perdue dans leur esprit.

Mais je suis l'élève de la nature; je l'ai dit, je le répète, je ne dois rien aux connaissances des hommes : je suis mon ouvrage, et lorsque je compose, il n'y a sur la table que de l'encre, du papier et des plumes. Très souvent j'ai de mauvais secrétaires qui multiplient les fautes au lieu de les corriger. Je sais qu'il me serait facile de me procurer des ouvrages en tout genre; que je pourrais, à loisir, faire un résumé de toutes ces bonnes lectures; ne pas composer avec mon imagination, mais avec les idées d'autrui.

Les meilleurs Comédiens sont ceux de la Société. Depuis que j'ai reconnu que j'étais née avec des dispositions pour le genre dramatique, j'ai toujours eu envie de traiter ce sujet. Sans doute, j'ai mal pris mon temps, et je choisis peut-être un mauvais moment pour la faire imprimer; mais j'ai déjà annoncé dans mes faibles productions, quel était mon caractère. Je sais que souvent j'ai fait de grandes étourderies, mais elles me plaisent,

Textes dramatiques 137

et je mets quelquefois autant de recherche pour les commettre à mon désavantage, que d'autres mettent de précaution à éviter même un mot équivoque.

Mais je prétends à l'originalité; oui, sans doute et l'on ne peut me la disputer, puisque c'est à mon ignorance que je la dois. Je me plais à m'en vanter hautement; et vous, Messieurs les grands imitateurs, dont le style glacé refroidit le cœur sans échauffer l'esprit, laissez-moi cette chère ignorance qui fait mon seul mérite, et qui doit me promettre beaucoup d'indulgence pour les fautes dont fourmillent mes productions, et d'estime pour les beautés qui s'y rencontrent quelquefois; et ne me disputez point la propriété de mes écrits.

Ô public sévère! ô public indulgent! pardonnez-moi ces exclamations : c'est à votre tribunal que je soumets mon Drame. J'ai eu la manie d'écrire; j'ai eu celle de me faire imprimer, et je n'ai pas celle de me faire jouer avant de vous avoir prévenu sur mes craintes. La femme la plus entière dans ses résolutions est aujourd'hui la plus soumise, et vous donne un exemple de sagesse peu commune chez les hommes, et on ne peut plus rare chez les femmes.

J'espère beaucoup des honnêtes gens et peut-être triompherai-je de la cabale odieuse qui s'élève contre moi. Je m'afflige de tout, je fais rire de même. Une mouche qui me pique sans que je m'y attende me contrarie ou me fait entrer dans une colère insupportable; mais préparée aux souffrances et aux événements, je suis plus constante et plus paisible que l'homme le plus flegmatique. Les petits chagrins me désolent, les grands maux me calment et me donnent du courage. Je suis pétrie de petits défauts; mais je possède de grandes vertus. Peu de personnes me connaissent à fond, peu sont en état de m'apprécier; on a eu différentes disputes sur mon compte. Les uns me voient d'une façon, chacun me juge différemment et je suis cependant toujours la même. Ce n'est pas moi qui varie; je ne puis sympathiser qu'avec des personnes véritablement honnêtes. J'abhorre les hommes faux, je déteste les méchants, je fuis les fripons, je chasse les flatteurs. On peut juger par là que je suis souvent seule. Je ne m'ennuie pas avec moi-même, je ne crains pas la contagion. J'étais faite sans doute pour la société, je l'ai fuie de bonne heure, je l'ai quittée au brillant de ma jeunesse; on m'a dit souvent que j'avais été jolie; je n'en sais rien, je n'ai jamais voulu le croire, puisque je faisais à la journée des toilettes éternelles pour m'embellir. Je plaisante sur moi et sur les autres, parce que je suis naturellement gaie. Je ris déjà de ce qui doit m'arriver, parce que je pense qu'il n'est pas nécessaire que je m'afflige. Je suis simple avec tout le monde, fière avec les Grands, parce que jamais les titres ni les honneurs n'ont pu m'éblouir. Et quand je parviendrais à une célébrité que je ne puis espérer, on me verra toujours cette même simplicité que j'ai eue avant d'être Auteur. Voilà, sans m'en apercevoir, la moitié de mon roman. Depuis longtemps je voudrais finir et l'impitoyable envie de parler me force à poursuivre. Malgré moi je me laisse entraîner au penchant de mon sexe. Ah! cher lecteur, je vous vois déjà frémir à cette reprise d'haleine; mais rassurez-vous, j'achève.

Pour *le Cocu supposé,* traitez-le comme vous le jugerez à propos... Je crois avoir dit au Lecteur tout ce qui était nécessaire, et même tout ce qui était inutile, et dont il m'aurait dispensée, si j'avais pu m'en dispenser moi-même.

LETTRE DE MADAME DE GOUGES
À LA COMÉDIE-FRANÇAISE
1785

Olympe nous donne ici un échantillon de ses démêlés avec les Comédiens-Français qui refusèrent la plupart de ses pièces et sabotèrent selon elle la représentation des autres.

Messieurs,

Les femmes qui ont eu avant moi le courage de se faire jouer sur le Théâtre, m'offrent un exemple effrayant des dangers que court mon sexe dans la carrière dramatique. On excuse volontiers les chutes fréquentes qu'y font les hommes; mais on ne veut même pas qu'une femme s'expose à y échouer. J'ai de l'ambition comme tous les hommes; mais je sais combien il vous sera désagréable, Messieurs, de charger votre Mémoire de rôles qui vous deviendront inutiles. Ainsi, je vais vous prouver que, lorsqu'une fois la raison m'a vaincue, je suis susceptible d'un grand désintéressement. Voici le parti que je voudrais prendre; je pense que vous ne le désapprouverez pas. Avant de faire jouer ma Pièce, que vous avez bien voulu recevoir, et de vous exposer à voir son peu de succès, je voudrais pressentir le goût du Public, en la faisant imprimer, et en l'offrant à la censure des Journalistes. Si ma pièce est goûtée à la lecture, elle doit nécessairement être accueillie sur la scène, et vous la jouerez d'après l'opinion qui vous l'a fait recevoir. Au contraire : si elle est jugée mauvaise, je n'augmenterai pas la prévention contre mon sexe, que mon peu de mérite doit certainement justifier. Je n'ai pas l'art d'écrire, je ne fais que parler un langage naturel; mon imagination est mon seul guide. Un peu de nouveauté dans mes plans est mon plus grand mérite. Peu répandue, et simple particulière, personne d'essentiel ne se donnant la peine de me donner de sages conseils sur mes productions... que de raisons pour échouer! Voilà, Messieurs, les observations que je vous devais, et que je me devais à moi-même, avant de faire imprimer ma Pièce. J'ai dû vous en prévenir pour éviter toutes tracasseries; c'est d'après votre réponse que je la livrerai à l'impression.

J'ai l'honneur d'être avec estime et considération,

Messieurs,

Votre, O. de G.

On doit s'attendre qu'après mes craintes et ma modestie, la Comédie va me rassurer et m'encourager, en me persuadant que ses règlements sont de représenter toutes les pièces bonnes ou mauvaises qu'elle reçoit, et que ce n'est pas pour la mienne seulement qu'elle doit craindre de mettre à l'étude, et qu'elle s'exposerait à un mépris général, si elle profitait de mon offre et de mes craintes, quand même ils croiraient ma Pièce mauvaise. Mais pourquoi faire sa réponse? La sienne est si jolie! Si décente pour mon sexe! Instruisez-vous, Lecteur, et voyez comme la Comédie agit avec une femme.

RÉPONSE
*Encourageante, généreuse
et délicate de la Comédie-Française!*

Madame,

Plusieurs exemples attestent à la Comédie-Française le danger évident que court votre sexe dans la carrière dramatique : elle ne peut qu'applaudir à votre précaution et à votre désintéressement. Elle me charge, Madame, d'avoir l'honneur de vous assurer, de sa part, qu'elle consent à l'impression de votre ouvrage, aux conditions que vous leur proposez dans votre lettre.

Je suis avec respect,

Madame,

Votre très-humble et très-obéissant serviteur,

DE LA PORTE.

ADIEUX AUX FRANÇAIS

Texte écrit en décembre 1789 à la suite du refus de la Comédie-Française sous la pression des colons de laisser représenter sa pièce L'esclavage des Nègres. *Olympe s'y montre partisane d'une monarchie constitutionnelle, comme la plupart des Français le souhaitaient encore en 1789.*

Partir sans dire un mot à ses chers compatriotes serait leur montrer de l'indifférence et je n'en suis pas capable. Il est même important pour moi dans ce moment de me rappeler à leur esprit, à leur aimable galanterie, qui, jadis, dans les tournois, vengeait mon sexe opprimé.

Jamais circonstance ne fut plus favorable pour entretenir cette humeur guerrière, faire renaître dans le cœur de tous les Français cette noble chevalerie, qui soutenait à la fois le courage des hommes et la vertu des femmes; je le réclame aujourd'hui, et je nomme pour mon premier chevalier M. le marquis de La Fayette. Voici les torts qu'il aura à redresser.

Les généreux et très humains colons ont arrêté dans leur respectable assemblée que... Comment puis-je faire l'aveu d'un semblable attentat, sans blesser en même temps les mœurs et la décence? Français, vous n'ignorez pas à quel prix Vénus obtint la pomme de Pâris, cette pomme, objet de tant de dissensions entre trois beautés :

Textes dramatiques

moi, comme une seconde Hélène, je vais allumer la guerre entre les champions américains et les vrais chevaliers français. Oui, Français, j'ai plus d'un Pâris à ma suite. On me défie, on me menace, on me guette, on veut... Quelle est cette entreprise? (il faut trancher le mot). On veut enfin voir si je mérite la pomme, ou me fouetter, si j'écris encore une ligne en faveur des hommes noirs. Je suis entêtée, opiniâtre de mon naturel; et, pour me corriger, je viens de faire « le marché des noirs », comédie en trois actes, et un drame en cinq actes, bien tragique, intitulé : « Le danger du préjugé, ou l'école des hommes.» Ces manuscrits sont tenus en mains sûres. Je puis mourir actuellement, je suis contente de moi; oui, et je puis m'en flatter avec confiance. Si jamais l'humanité triomphe de la barbarie dans les colonies, mon nom sera peut-être cher et révéré dans ces climats.

Mais ces colons inhumains, ces planteurs foudroyants, que sont-ils pour la plupart?... Repoussés du sein de leur famille, chassés du sein de leur patrie, et jetés dans les isles comme le rebut de la société, leurs horribles principes infectent sur ces bords les mœurs des paisibles habitants. Ne pouvant exercer leur cruauté en France, libres et devenus souverains dans ces climats, ils y perpétuent l'horreur de l'esclavage et la barbarie des tyrans.

Oui, superbes et généreux colons, intrépides et magnanimes guerriers, c'est ainsi qu'une femme répond à votre lâcheté, à vos odieux attentats. Un de vous m'a écrit qu'on ne se battait plus en France, mais qu'on s'y assassinait quelquefois. Je le crois, vous pouvez préparer contre moi ce genre de vengeance; vous pouvez me faire assassiner, mais jamais réaliser ce que vous vous êtes promis à mon égard; je tiens tout prêt, dans ma poche, de quoi vous répondre, et vous qui provoquez nos plus braves gentilshommes, en évitant toujours le cartel, une femme vous défie, elle invite votre bravoure à un combat public.

Venez, Messieurs les enragés, apprendre comme une femme sait ou mourir ou donner la mort : mais si je péris, ranimez de nouveau votre courage; moi tombée, il faudra combattre des bataillons entiers de nos plus braves et loyaux Français; voilà comme je me présente, voilà comme je me corrige...

Et vous, Français, vous mes concitoyens, que je quitte à regret, pardonnez la faiblesse de mes écrits en faveur du but louable qui les a dictés; vous y reconnaîtrez du moins de bonnes intentions, des projets utiles que tant d'autres ont réchauffés, et dont ils se sont fait honneur à mes dépens. Mes idées, dit-on, ne sont pas assez développées. Et le diamant qui tombe dans les mains du lapidaire pour être poli, n'en est pas moins diamant, quoiqu'il soit brut; mes lapidaires sont bien injustes, bien ingrats de ne pas me laisser au moins le mérite de l'invention.

Mais, pour écrire sur la politique, il faut, dit-on, être plus instruite que moi. Je le sais, et j'en conviens moi-même; cependant les plus savants s'y trompent quelquefois; c'est une mer orageuse; et combien de naufrages n'y a-t-on faits, même à l'Assemblée nationale! Quelquefois je demande des avis, que je ne suis jamais; cependant je vous donne pour épigraphe un vers latin; moi, du latin! Moi qui à peine sais épeler le français! Je le dois à un pédagogue qui m'a appris qu'en riant on peut dire la vérité; comme celui-là ne m'appartient point, je m'empresse de le rendre à son auteur.

Cet écrit bizarre pourra peut-être vous consoler de la perte que vous allez faire de ma personne; je l'espère, et j'y compte.

L'on me demandait dans une maison pourquoi je n'avais point fait un journal. Moi, faire un journal! ai-je répondu : il serait trop vrai, trop sévère, il ne prendrait pas. Je vous assure, me dit un homme de mérite, qu'il aurait beaucoup d'influence, et qu'en faisant le bien de votre pays vous gagneriez beaucoup d'argent. Pour l'argent, quoique j'en sois plus privée que personne, je ne m'en soucie guère ; et si je faisais tant de faire un journal, je prouverais mon désintéressement, en ne retirant que mes frais. Aussitôt on m'offrit plusieurs titres qui ne répondaient ni à ma manière d'agir, ni à ma manière de voir. « L'impatient », m'écriai-je, c'est le seul titre qui convient à l'auteur, l'impatient par Mme de Gouges, ne trompera pas le public, et le public à son tour sera peut-être impatient de l'avoir, puisque avant de lui en donner le prospectus il faut que j'aille faire jouer mon *Esclavage des Noirs* en Angleterre. Ah ! si je pouvais apprendre dans mon nouveau séjour que le roi de France a repris tous ses droits ; que tous les citoyens devenus égaux, contribuent tous ensemble au bien public ; que le commerçant s'est remis à la tête de son commerce ; que l'ouvrier a repris son travail ; que le peuple a retrouvé sa douce émulation ; que le riche vole au secours du pauvre ; et qu'enfin cette aimable urbanité française a reparu dans la capitale et dans tout le royaume ! Voilà mes souhaits ; voilà les vœux que je forme pour la patrie. Et vous, mes chers concitoyens, recevez à la fois ces vœux, mes adieux et mes regrets.

C'est ainsi qu'en partant je vous fais mes adieux.

La plus décidée royaliste, et l'ennemie mortelle de l'esclavage,

Votre très humble servante,

DE GOUGES

P.S. Quant à vous, messieurs les aristocrates, ne me sachez aucun gré, je vous prie, si je parais faire pencher la balance de votre côté ; il est dans mon caractère de me ranger dans le parti du plus faible et de l'opprimé. Je ne trouve nullement méritoire ni courageux à cinq cents ou mille personnes d'égorger un seul citoyen sans défense.

MON DERNIER MOT À MES CHERS AMIS

Après l'échec de Zamore et Mirza *ou* l'Esclavage des Nègres *à la Comédie-Française en décembre 1790, Olympe projette de s'exiler en Angleterre pour y faire représenter sa pièce. Elle fait ici publiquement ses adieux à ses amis, et à ses ennemis...*

Oui, mes amis, chers amis, je vais à mon grand regret vous satisfaire : je quitte la carrière épineuse (et ruineuse) dans laquelle mon patriotisme, votre aimable égoïsme, vos gentillesses anthropophages, vos galantes scélératesses, qui ne tendaient à rien moins qu'à me faire égorger par vos généreux satellistes, m'ont engagée plus longtemps que je ne l'aurais désiré pour mes intérêts et pour la gloire de mes entreprises.

Continuez, charmants Français, intrépides chevaliers de ce malheureux sexe, qui attendait de l'esprit de la Révolution des héros plus intrépides, Bourdon, Marat, tous les maringouins possibles, soyez satisfaits : j'ai rendu mes comptes.

Oui, mes chers amis, vous voilà délivrés d'un observateur intègre, d'une sentinelle surveillante et, ce qui pouvait être pour vous plus dangereux, d'une âme désintéressée et aussi fière que libre...

La résolution est prise : Thalie m'appelle et je vole

dans ses bras. Je vais même, pour vous plaire, tâcher de redevenir femme. Mais jamais ce ne sera aucun de vous qui opérera ce grand miracle. Je vous abandonne le plaisir de bouleverser la France à votre aise, de dilapider ses finances, d'exciter le meurtre et le pillage, de vous distribuer les places, de substituer aux vertus et aux talents, les vices, l'insolence et la nullité. Je vous souhaite tout le succès que peut donner à cette noble entreprise la morale d'un siècle corrompu.

Et vous, philosophes bons et sensibles, vous, les vrais soutiens du peuple et les colonnes de l'État, vous, les amis des lois et de l'humanité, parez, si vous le pouvez, aux efforts destructeurs de nos ennemis communs.

... Je n'ai recherché ni rang, ni place. Je ne pouvais avoir l'extravagance d'y prétendre. Un préjugé inique m'éloignait à cet égard de toutes prétentions. Mais le préjugé, qui n'a rien de commun avec les éternelles vérités de la morale, m'assure que mon nom vivra tout entier dans la postérité. Démenez-vous là-dessus, mes pitoyables détracteurs; accusez-moi de folie, d'ineptie et d'avoir sacrifié ma fortune au salut de la patrie, que vous entravez journellement. Vous ne parviendrez jamais à me prêter toute la bassesse de vos intérêts.

Je dois finir par un grand exemple de justice : personne n'ignore que je suis l'antagoniste de Philippe Égalité. Le citoyen Longuet, évêque du département de la Creuse, vient de m'apprendre, à mon grand étonnement que, dans une conversation, ce même Philippe lui avait dit en parlant de moi : « Je connais son caractère mieux que vous et je répondrai de la pureté de son patriotisme. »

Philippe, si ce caractère était versatile, si j'étais capable de me rétracter sur ta conduite, je te dirais loyalement : « Je me suis trompée sur ton compte. La première des vertus de l'homme est d'être juste à l'égard de ses ennemis. Tu la possèdes, c'est un grand avantage que je te disputerai toujours. »

Voilà ma rétractation : elle fait ton éloge.
Et vous, Français, vous mes concitoyens que je quitte à regret, pardonnez encore une fois la faiblesse de mes écrits en faveur du but louable qui les a dictés.

Signé : Une ennemie mortelle de l'esclavage.

MIRABEAU AUX CHAMPS-ÉLYSÉES

Comédie en un acte et en prose par Madame de Gouges précédée d'une préface

Représentée à Paris, par les Comédiens Italiens ordinaires du Roi, le 15 avril 1791, avec changements, et plusieurs scènes neuves.

Encore une préface!

Le lecteur ne manquera pas de dire : cette femme aime bien à préfacer. Patience... Je vais tâcher que celle-ci du moins soit utile.

Jusqu'à ce moment la littérature eut des charmes pour moi, aujourd'hui c'est dans les horreurs et les dégoûts de la composition que je dicte sans ordre cette préface; c'est à peu près ma manière.

J'ai donné au public, avec zèle et confiance, une pièce patriotique, il l'a reçue avec indulgence; je la lui présente aujourd'hui imprimée, à peu près avec ses mêmes défauts et le même empressement que j'ai toujours mis dans mes écrits; je sais que ce n'est point assez pour le satisfaire, il ne suffit pas de piquer sa curiosité, il faut agacer son goût, et c'est la coquetterie littéraire qui me manque; cette coquetterie diffère entièrement de celle des belles; l'une n'a besoin que de toutes les grâces de

Textes dramatiques 151

la jeunesse, et l'autre au contraire du travail et de l'expérience de l'art... Je me suis, je crois, rendue recommandable à ma patrie; elle ne doit jamais oublier que, dans le temps où elle était aux fers, une femme a eu le courage de prendre la plume la première pour les briser. J'ai attaqué le despotisme, l'intrigue des ministres, les vices du gouvernement; je respectais la monarchie et j'embrassais la cause du peuple; toutes mes connaissances alors ont frémi pour moi, mais rien n'a pu ébranler ma résolution... Les propos injurieux qu'on a répandus sur mon compte, la noire calomnie que l'on a employée pour empoisonner tout ce que j'ai fait de méritoire, seraient propres à me donner de l'orgueil, puisqu'il est vrai qu'on me traite et qu'on me persécute en grand homme; si je pouvais me le persuader, je réaliserais le projet que j'ai formé de me retirer entièrement de la société, d'aller vivre dans la solitude, étudier nos auteurs, méditer un plan que j'ai conçu en faveur de mon sexe, de mon sexe ingrat; je connais ses défauts, ses ridicules, mais je sens aussi qu'il peut s'élever un jour; c'est à cela que je veux m'attacher.

Si j'avais demandé des avis, peut-être aurais-je eu la modestie de les suivre. Mais comme ceux que j'ai suivis en deux ou trois occasions ont été improuvés du public, je m'y présente comme j'ai toujours fait, avec le désordre de la nature brute, toujours moi-même et avec toute la simplicité de ma parure.

Je ne manquerai pas d'adresser cette pièce à tous nos ministres, en les engageant d'en remettre une au Roi et à la Reine. Si déjà ils redoutent la franchise, mon franc-parler ne les amusera pas. Cependant, je n'ai pas attendu le droit de dire la vérité. J'ai osé la manifester avec énergie sous l'Ancien Régime...

Je ne suis point de ces femmes vicieuses dont les maximes varient comme les modes, qui prêchent la religion quand elle n'a pas besoin d'appui, qui la détruisent quand elle

n'a plus de soutien. Qui font la guerre aux morts et aux philosophes, et adulent les vivants... Dans tous mes écrits j'attaquai Mirabeau comme homme public. Moi seule peut-être ne l'ai point redouté. J'ai osé lui dire que si son cœur était aussi grand que son esprit, l'État était sauvé.
Il est mort et j'ai fait son éloge parce qu'il n'est plus.
Il serait fort plaisant que cette farce me couvrît de gloire, je n'en serais pas surprise : mon projet de la Caisse Patriotique... les établissements publics pour les pauvres, le moyen d'occuper aux terres incultes tous les hommes oisifs, les impôts sur les spectacles, valets, voitures, chevaux, jeux, afin de les détruire par un impôt exorbitant, mon « Esclavage des Nègres », estimés des gens de goût, ne m'ont pas attiré un regard favorable... Je n'ai point réclamé de bienveillance : je ne suis point sur le registre des pensions, mon zèle et mon désintéressement sont connus et j'ai sacrifié jusqu'à la place de mon fils.
Ainsi que mon fils soit placé, qu'il ne le soit pas, je ne servirai pas moins mon pays.

MIRABEAU AUX CHAMPS-ÉLYSÉES

EXTRAITS DE L'*ACTE PREMIER*

Scène IV

(Le décor représente les Champs-Élysées, séjour des morts.)
Louis XIV s'approche d'un air fier, avec plusieurs de ses courtisans.

Textes dramatiques

Voltaire, *Henri IV, Desilles, Louis XIV, Jean-Jacques Rousseau*.

HENRI IV à *Louis XIV*

Louis XIV a l'air mécontent. Quel chagrin peut donc éprouver son cœur dans le séjour de la paix et de l'égalité?

LOUIS XIV

Cette égalité n'est pas mon élément : je sens que je devrais régner.

HENRI IV

Sur tes passions sans doute; mais ta raison est donc bien faible puisqu'elle n'a pu encore te faire jouir de la tranquillité dont nous jouissons tous. Tu veux être encore roi parmi les ombres!

LOUIS XIV

Ces remontrances populaires ne peuvent s'élever jusqu'à moi. Ah! que ne suis-je encore sur la terre!

HENRI IV

Eh! qu'y ferais-tu actuellement?

LOUIS XIV

La question est neuve, pour mon oreille! Ce que j'y ferais? J'y régnerais; en me montrant je redeviendrais le maître.

HENRI IV

De qui?

LOUIS XIV

Du monde entier, des Français. Quel que soit le charme de cette égalité, de cette indépendance dont, ici, on m'étourdit les oreilles, je les connais, ils aiment les grands rois.

HENRI IV

Dis les grands hommes, et les bons rois. Tu sus te faire admirer; mais on ne t'aima point : tu n'as ébloui les Français que par ton luxe; on ne peut les séduire aujourd'hui que par des vertus.

LOUIS XIV

Oublie-t-on tout ce que j'ai fait de grand?

HENRI IV

Oui, tes fameuses conquêtes! la terre n'était pas assez grande pour satisfaire ton ambition.

LOUIS XIV

Est-ce par mon ambition que la postérité me juge? As-tu oublié mes belles actions? Si je fus despote, je sus faire fleurir les arts, le commerce; je sus distinguer l'homme de mérite de l'intrigant de cour : les femmes ni mes ministres ne me gouvernaient point. Je portai dans toute l'Europe le goût des sciences; on me doit peut-être ce foyer de lumières dont les Français sont si fiers aujourd'hui. J'encourageai les talents, je récompensai les belles actions; si j'eus des faiblesses, j'ai su les effacer, j'ai su avouer des fautes. Un de mes courtisans osa justifier un jour mon enfance indocile : « Il n'y avait donc point de verges dans mon royaume? » lui répondis-je... J'ai su préserver mes enfants de la mauvaise éducation que j'avais reçue; mes défauts appartiennent à

Textes dramatiques

mes instituteurs, mes vertus sont de moi. Je suis mon ouvrage.

VOLTAIRE

Je ne puis m'empêcher de l'admirer encore.

J.-J. ROUSSEAU

Il eut l'art de se faire adorer.

DESILLES

Quel dommage que ce fût là un despote !

HENRI IV

Oui, tu as mérité, j'en conviens, sous quelques rapports, l'estime et la reconnaissance des Français ; mais aujourd'hui ils ne sont plus les mêmes, et tu serais mal vu sur le trône.

LOUIS XIV

Je ne te blâme point. Nous ne pouvons changer notre caractère : un jour peut-être le mien retrouvera sa place : d'autres temps, d'autres mœurs ! Et crois qu'aujourd'hui même, je trouverais encore en France des partisans.

HENRI IV

Qui n'oseraient se montrer. Mais... quels sons lugubres ! C'est sans doute, cette ombre qui arrive.

DESILLES

L'on vient à nous.

Scène V

Montesquieu, les Précédents.

MONTESQUIEU

Amis de la France, Franklin vous amène un de ses plus fermes appuis.

HENRI IV

Ah! que nous annoncez-vous?

On entend la musique du convoi de Mirabeau; pendant cette scène muette, les ombres vont et viennent sur le théâtre et s'avancent toutes au-devant de Mirabeau.

Scène VI

Mirabeau, dans l'affliction; Franklin, le soutenant; les Précédents.

DESILLES

Que vois-je? Mirabeau!...

FRANKLIN, *l'interrompant*

Mirabeau est mort. *(Il continue avec chaleur.)* Il est retourné au sein de la divinité, il vit parmi nous, le génie qui affranchit la France, et versa sur l'Europe des torrents de lumières. L'homme que se disputent l'histoire des Sciences et des Empires tenait, sans doute, un rang élevé dans l'espèce humaine; l'antiquité eût élevé des autels au puissant génie qui, au profit des humains, embrassant dans sa pensée le ciel et la terre, sut dompter la foudre et les tyrans.

VOLTAIRE

Philosophe courageux, bienfaisant législateur, que la Parque vient d'enlever à la plus grande des nations, cesse de t'affliger et viens respirer avec nous l'air pur de l'Élysée.

Scène VII

Deshoulières, Sévigné, Ninon de L'Enclos, les Précédents.

LOUIS XIV

J'approuve actuellement la révolution; elle est digne d'un grand monarque, et des grands hommes qui l'ont opérée.

MADAME DE SÉVIGNÉ, *à Mirabeau*

As-tu laissé en main sûre ce plan dans lequel tu destinais à mon sexe un passage utile à son bonheur et à sa gloire?

MADAME DESHOULIÈRES

On l'aura détourné à sa mort. On ne veut pas que nous soyons sur la terre les égales des hommes; ce n'est qu'aux Champs-Élysées que nous avons ce droit.

NINON DE L'ENCLOS

Ailleurs aussi, mais c'est un faible avantage.

DESHOULIÈRES

Les femmes trouveront peut-être le moyen de régénérer aussi leur empire.

MIRABEAU

Pour opérer en France une grande, une heureuse révolution, il en faudrait, Mesdames, beaucoup comme vous.

NINON

Tu as raison : en général les femmes veulent être femmes, et n'ont pas de plus grands ennemis qu'elles-mêmes. Que quelqu'une sorte de sa sphère pour défendre les droits du corps, aussitôt elle soulève tout le sexe contre elle : rarement on voit applaudir les femmes à une belle action, à l'ouvrage d'une femme.

MIRABEAU

La remarque le fera.

NINON

Par les hommes donc. Ah! Messieurs, que les femmes entendent bien peu leurs intérêts.

SÉVIGNÉ

Il est indubitable qu'un gouvernement ne peut se soutenir, si les mœurs ne sont pas épurées.

NINON

Et de qui dépend cette révolution : en vain l'on fera de nouvelles lois, en vain l'on bouleversera les royaumes; tant qu'on ne fera rien pour élever l'âme des femmes, tant qu'elles ne contribueront pas à se rendre plus utiles,

Textes dramatiques 159

plus conséquentes, tant que les hommes ne seront pas assez grands pour s'occuper sérieusement de leur véritable gloire, l'État ne peut prospérer : c'est moi qui vous le dis.

Dans les scènes suivantes, tous les personnages vont tour à tour rendre hommage à Mirabeau et à la Révolution, jusqu'à l'apothéose finale.

LA FRANCE SAUVÉE
OU LE TYRAN DÉTRÔNÉ

Drame en 5 actes et en prose

Pièce écrite en 1792, dans laquelle Olympe de Gouges se met en scène, donnant des leçons de patriotisme aux valets, de bonnes manières à la Princesse de Lamballe et de clairvoyance politique à la Reine Marie-Antoinette elle-même.

PERSONNAGES

LOUIS XVI, *Roi des Français.*
MARIE-ANTOINETTE, *Reine des Français et Femme de Louis XVI.*
LA PRINCESSE DE LAMBALLE.
LA PRINCESSE DE TARENTE, *complice de Marie-Antoinette.*
LA PORTE, *Intendant de la liste civile.*
PÉTION, *Maire de Paris.*
DÉPUTATION DES COMMISSAIRES DE L'ASSEMBLÉE NATIONALE.
LE DAUPHIN.
FEMMES DE LA REINE.
PAGES.
LES CHEVALIERS DU POIGNARD.
GARDES NATIONAUX.
SUISSES.

La scène se passe au Château des Tuileries

Le théâtre représente une chambre à coucher richement ornée. Sur un des côtés du théâtre, est placé un piano, sur l'autre un riche secrétaire. Dans le fond du théâtre, les portraits de l'Empereur, frère de la Reine et celui de l'Impératrice, mère de la Reine.

ACTE PREMIER

Scène première

Barnave, Madame Élisabeth

MADAME ÉLISABETH, *avec empressement :*

Quoi Barnave, c'est vous?

BARNAVE

Moi-même.

MADAME ÉLISABETH

Je vous croyais parti pour Coblentz, vous deviez aller joindre mes frères, vous aviez pris congé du Roi et de la Reine, je crains que ce retard ne nuise à l'intérêt que vous avez su leur inspirer.

BARNAVE

Hélas!...

MADAME ÉLISABETH

Vous soupirez! Craindriez-vous d'être arrêté?

BARNAVE

Plût aux Dieux que je n'eusse qu'une arrestation à craindre : un pouvoir plus absolu que celui de l'État me retient malgré moi dans Paris. Je voudrais fuir, à chaque pas je trouve un précipice.

MADAME ÉLISABETH

Il est vrai que nous sommes bien malheureux, et nous le sommes d'autant plus que nos amis se perdent pour nous. Vous, Barnave, surtout de qui le retour imprévu nous a sauvés de l'échafaud où voulaient nous conduire les factieux de l'Assemblée Nationale.

BARNAVE

Fatal voyage de Varenne! Je vous ai vue, Madame, et je n'ai plus vu la cause de ma nation.

MADAME ÉLISABETH

C'est la servir, même en la trahissant, Barnave. Ne vous plaignez point de vous attacher au parti du Roi. Je m'applaudis d'en être la cause innocente, et loin de m'offenser d'un amour illégal, j'en reçois l'hommage avec reconnaissance.

BARNAVE, *se jetant à ses pieds :*

Ô divine Princesse! Quoi! je pourrais me flatter d'avoir pu vous intéresser et l'immense distance qui nous sépare n'est-elle pas un arrêt contre mes sentiments?

MADAME ÉLISABETH, *le relevant :*

Barnave, levez-vous! Si on nous voyait... Je ne puis plus m'en défendre. Je vous aime mais après cet aveu n'attendez point que je trahisse jamais mon devoir. Je ne peux être unie qu'à un roi, simple citoyen. Vous pouvez prétendre à mon cœur dans le silence mais vous ne serez jamais mon époux.

BARNAVE, *avec dépit :*

Quoi, un préjugé barbare, une loi tyrannique s'opposerait à notre bonheur? Songez, Madame, qu'un représentant du peuple, un Barnave enfin, vaut les Rois que vous citez. Je ne diffère d'avec eux que par cet esprit de politique, de trahison. Je les ai imités pour vous obtenir. Que me manquerait-il encore pour vous mériter?

MADAME ÉLISABETH

Le sang royal!

BARNAVE

Songez que j'ai racheté ce sang par celui que j'ai fait couler, l'Amérique fume encore de ce sang que vous me reprochez. Cruelle, quand j'ai conservé peut-être seul, le trône à votre frère, vous me reprochez ma naissance? Avez-vous pu oublier qu'il n'a dépendu peut-être que de moi, d'abolir la royauté en France? Avez-vous pu oublier les supplications de votre frère et de la Reine à mes genoux, avez-vous pu oublier vous-mêmes vos prières? « Barnave, me disiez-vous avec cette voix si tendre que le ciel vous a donnée, soyez notre Dieu tutélaire, sauvez-nous. » J'aurais pu prétendre à votre main alors. M'en croyez-vous moins digne aujourd'hui? Et la révision de la Constitution, n'est-elle pas mon ouvrage? Et les agitations perpétuelles de la France et de l'Amérique ne me donnent-elles pas le droit de vous obtenir?

MADAME ÉLISABETH, *à part :*

Cette noble audace m'enchante et est digne de moi. Ah! Barnave, pourquoi le sort vous a-t-il placé dans une place obscure... mais on vient. Je ne devrais vous entretenir que de ce qui se prépare et je ne vous parle que de moi. Je rougis de ma faiblesse. Adieu, je vous laisse. Je vois la Reine éviter sa présence, notre amour ne sert pas ses intérêts... *(Elle sort.)*

BARNAVE, *la suivant :*

Je ne vous quitte pas, il faut que je vous obtienne, ô ma Princesse. L'ambition et l'amour sont chez tous les hommes... *(Il la suit.)*

Scène II

ANTOINETTE, *les cheveux épars et en robe du matin :*

Que l'incertitude est affreuse! La mort ou la victoire voilà mon dernier mot. L'orage est formé, la tempête est sur ma tête, n'importe, l'alternative où je me vois réduite ne me donne pas le temps de reculer plus loin l'explosion. *(Elle réfléchit.)*... La crise sera terrible... *(Se promenant.)* Éloignons de mon sein toute pitié. Mon époux, mes enfants, éloignez-vous de mes yeux pour vous sauver. J'expose mes jours et que sert une vie sans cesse menacée, que sert une reine esclave du vulgaire! Et toi, Roi craintif, le plus pusillanime des hommes, vois quel est le fruit de cette lâcheté que tu appelles vertu! On parle déjà de suspendre ton pouvoir; bientôt on te détrônera! Que dis-je, une horrible prison, l'échafaud peut-être, seront le juste salaire que mérite un roi qui n'a pas su régner. Mais je ne suis pas en vain ton épouse, mais la fille de Marie-Thérèse ne sera pas montée sur le trône de France pour en descendre en vile esclave. C'est le crime du plus fort qui doit l'emporter aujourd'hui. J'entraînerais dans mon parti et les citoyens vendus et les citoyens crédules. *(Elle se retourne et tire sa montre.)*...

Qu'on tarde à venir... il n'est que six heures... que celui qui calcule sa fortune sur la rapidité de quelques heures, éprouve des siècles de souffrances... voyons nos forces... Dix mille hommes de la garde nationale, quinze cents hommes à peu près de l'artillerie,... deux mille Suisses... Ceux-là en vaudront bien quatre mille. Dix mille chevaliers du poignard... pour ceux-là je n'y compte pas beaucoup, ils sont lâches et ils peuvent me tromper; mais ils feront nombre. Ah si l'on avait pu me gagner les faubourgs! Cet auteur à la feuille aux deux liards me l'avait promis. Mais... Compter sur ce genre de promesses... Ces faiseurs d'affiches et tous ces barbouilleurs de papiers ne valent pas un Marat, un Robespierre! Sous le spécieux langage du patriotisme, ils renversent tout au nom du peuple, ils servent en apparence la propagande et jamais chefs de factions n'ont mieux servi la cause des Rois. Ils mènent de front deux partis qui vont d'un pas rapide au même but. J'aime ces hommes entreprenants, ils possèdent l'art difficile de tromper profondément les faibles humains. Ils ont bien senti dès l'origine, qu'il fallait pour me servir se frayer un chemin opposé. Calonne, applaudis-toi, c'est ton ouvrage, aussi ta récompense sera proportionnée à tes travaux.

Scène III

Un huissier de la Chambre, la Princesse de Lamballe, Marie-Antoinette.

MADAME LA PRINCESSE DE LAMBALLE,
la Reine courant au-devant :

Ô ma plus fidèle amie. J'allais envoyer chez vous. Avez-vous vu la Princesse de Tarente ce matin? Que vous a-t-elle dit, qu'a-t-elle fait? Puis-je véritablement compter sur la garde Nationale et ne vous abusez-vous pas l'une et l'autre. Vous le croyez?

LA PRINCESSE DE LAMBALLE

J'en suis convaincue. *(Elle sort une lettre.)* Lisez.

LA REINE, , *prenant la lettre et portant la main sur son cœur*

Voyons... *(Elle lit.)*
Madame, le moment de sortir de la pénible situation où se trouvent leurs majestés depuis quatre ans est enfin arrivé. Les armées combinées sont instruites de l'affaire qui se prépare du neuf au dix (pour cette nuit)... *(Elle continue.)*... Les habitants des villes frontières et des principales de l'intérieur du royaume ne l'apprirent qu'au moment d'ouvrir leurs portes à l'étranger. Les Jacobins détruits, nous sommes maîtres de la nation. Ce soir à minuit Marat et Robespierre agiteront leur faction, les faubourgs se lèveront et descendront tout armés au château, le point de ralliement des Royalistes est formé, le nombre est formidable, je compte au moins sur cinquante mille hommes bien armés et fournis de munitions pour fusiller tous les Jacobins de l'univers. Madame, il faut en prévenir la Reine, il faut encore lui dire d'effrayer le Roi, de le porter à mander le Maire de Paris chez lui à dix heures du soir. Le toscin sonnera au château à minuit. J'ai commandé toute la force publique pour cette nuit, le sang va couler. Les rebelles et les philosophes ne seront plus demain. Je ne signe pas ma lettre, vous me connaissez. *(Fin de la lettre.)*
... Enfin je respire! c'est le premier moment depuis cette odieuse révolution... Allons il faut prendre un nouveau courage.

LA PRINCESSE DE LAMBALLE

Et que pourriez-vous redouter encore? Tout vous sert jusqu'à la haine. Les Français se trouvent dans une telle confusion d'opinions, qu'ils ne peuvent pousser plus loin l'extravagance de cette prétendue liberté, ils en sont actuellement excédés et, trop heureux de fléchir sous le pouvoir de leur ancien maître, vous les verrez bientôt à vos genoux vous encenser de nouveau, bénir vos vertus et votre courage.

LA REINE

Qu'ils rentrent dans leur devoir, voilà tout ce que j'exige. Que m'importe leur frivole amour et leur capricieux dévouement? Les peuples sont faits pour les fers. Les rois pour le bonheur du monde. Cependant je ne vous tairai pas mes inquiétudes, il en est des rois comme des peuples; souvent jouet du sort qui se plaît à les persécuter. Je crains avec juste raison que la fortune ne se soit lassée. Je ne m'aveugle pas. Je connais mes droits, ils ne s'étendent que sur les erreurs des hommes. C'est en les propageant que les trônes s'affermissent. L'instruction les ébranle, la philosophie les détruit et je crains tout de cette doctrine séductrice.

LA PRINCESSE DE LAMBALLE

Je ne conçois plus, Antoinette, la femme qui fixe par sa constance et son esprit l'univers étonné. Le caractère nullement frivole des Français lui est-il si peu connu pour désespérer de leur retour?

LA REINE

Vous l'avez dit, je désespère de tout et cependant je me flatte... mais voyez la Princesse de Tarente.

LA PRINCESSE DE LAMBALLE

La gaieté brille dans ses yeux.

LA REINE, *à part :*

Si je m'en rapportais à l'air emprunté de mes courtisans, je n'aurais plus rien à désirer.

Scène IV

La princesse de Tarente, la Reine, la Princesse de Lamballe.

LA PRINCESSE DE TARENTE

Tout va au mieux, Madame, ne doutez plus de l'attachement et de la fidélité de vos sujets : vous allez régner de nouveau sur d'autres temps, d'autres mœurs. Jadis, c'est par un amour respectueux! Aujourd'hui c'est par la crainte et la terreur, les citoyens timides que nous appelons les trembleurs redoutant le pouvoir abusif que s'est arrogé une faction perturbatrice. La propagande des Jacobins commande en despote, sème la terreur et la discorde. Elle sert bien vos intérêts.

LA REINE

Je le sais : mais ne savez-vous pas aussi que dans cette société perverse se trouvent ces fiers, rigoureux philosophes, ces insolents citoyens qui méprisent les rois et qui tendent à la république? Et s'ils l'emportent, plus de monarchie, plus d'espoir!

LA PRINCESSE DE TARENTE, *l'interrompant :*

Ils seront les premiers assassinés. Il est dans cette secte plusieurs partis. Les brigands dominent sur les philosophes. Ce qu'ils appellent entre eux bons citoyens n'ont pas de point de ralliement.

LA REINE

Il peut s'en former un au sein même de l'orage. J'ai tout à craindre, je connais les revers des rois.

LA PRINCESSE DE LAMBALLE

Craindriez-vous le sort des Tarquins?

LA REINE

Oui, puisqu'il faut le dire. Ils seront assez grands pour nous chasser. Quelle honte!

LA PRINCESSE DE TARENTE

Ah! ne les croyez pas si généreux, si les brigands l'emportent c'en est fait du Roi, il périra sur l'échafaud comme Charles Ier.

LA REINE

Ah! si du moins je pouvais leur dérober la tête de mon fils! Si je pouvais avant ma mort et celle de son malheureux père le confier en des mains fidèles qui puissent le conduire au milieu de ma famille. Les Tarquins ne laissèrent point d'héritiers. Les fils de Charles Ier ont agité pendant des siècles l'Angleterre. Que dis-je? Ils ont propagé l'amour de la monarchie, chacun a défendu son Roi et même vous voyez parmi ces républicains, les Robespierre, les Marat, pressentir la nécessité d'un pouvoir absolu. Le trône ou l'échafaud, voilà l'espoir des ambitieux.

LA PRINCESSE DE LAMBALLE

Pourquoi vous nourrir de pressentiments sinistres? Tout vous assure le retour des Esprits. Vous voyez même que les partisans de la Révolution ont abandonné leurs partis et qu'ils prennent tous la défense de la Monarchie.

LA REINE

Dites mieux de la Constitution et c'est ce que vous appelez l'amour de la Monarchie.

LA PRINCESSE DE TARENTE

La Reine a raison. Ces hommes sont plus à redouter que les factieux! De la Constitution à la République, il n'y a qu'un pas. *(À la Princesse de Lamballe.)* N'en avez-vous pas vous-même fait la triste expérience? Vous avez vu chez vous cette femme qui par ses Écrits poursuit les factieux, les Rois, et brave avec un courage stoïque tous les poignards. Vous l'avez entendue vous tenir le langage audacieux d'une républicaine? Tous les vrais Constitutionnels sont les mêmes, ils veulent un pouvoir exécutif mais un pouvoir arbitraire, toujours soumis à la loi et à la souveraineté de la nation.

LA REINE

À propos de cette femme... il n'est donc pas possible de nous l'attacher? Je vous avais chargée de découvrir...

LA PRINCESSE DE LAMBALLE, *l'arrêtant :*

Que pouvez-vous espérer d'une étourdie, d'une tête exaltée qui n'écoute les avis de personne, qui dit tout, qui imprime tout et sur laquelle on ne peut nullement compter?

LA REINE, *réfléchissant :*

Eh! je ne hais... pas ces esprits, ils nous servent mieux que vous ne pensez. Voyez son pacte national comme il abonde dans notre sens, il produit la réunion, et si cette réunion s'était maintenue quinze jours seulement, c'en était fait des Jacobins et de ces prétendus philosophes. Ces esprits bénins, croyez-moi, servent mieux la cause des rois que la chose publique qu'ils croient défendre. Je ne sais... mais j'aurais voulu voir cette femme.

Scène V

Un Valet de Chambre, les Précédents.

LE VALET DE CHAMBRE

Madame, pardonnez, les circonstances et mon zèle me forcent à vous faire part de ce qui se passe dans le château. Une femme qui n'a ni le ton ni le langage d'une factieuse demande à vous parler. Elle assure que c'est pour vos propres intérêts qu'elle veut vous entretenir. Ses discours sont pleins de sagesse. Elle fixe l'attention des assistants; et s'il m'est permis, Madame, de vous rendre ce qui se dit dans la galerie, vous devez l'entendre.

LA REINE, *regardant les Princesses de Lamballe et de Tarente :*

Que me conseillez-vous? Puis-je recevoir cette femme? *(Au Valet de Chambre.)* Vous a-t-on dit son nom?

LE VALET DE CHAMBRE

Non, madame, on dit seulement que c'est une bonne patriote.

LA REINE

Qu'a-t-elle donc à me dire? Cependant donnez-moi l'une et l'autre votre avis.

LA PRINCESSE DE TARENTE

Non, je me charge de la recevoir, je me doute quel est le personnage. C'est cette même femme dont nous parlions, et que vous désirez connaître depuis longtemps.

LA REINE, *avec empressement :*

Faites-la entrer.

LA PRINCESSE DE LAMBALLE, *au Valet de Chambre*

Arrêtez... *(À la Reine.)* Pardonnez, vous ne pouvez la voir et l'entendre sans compromettre votre dignité, daignez, je vous en conjure, vous cacher dans ce cabinet, il vous sera aisé d'écouter notre conversation. Vous apprendrez par vous-même, Madame, qu'un tel caractère, qu'un tel esprit ne sont nullement propres à servir vos intérêts.

LA REINE

Je me rends à vos avis.

Scène VI

La Reine entre dans le cabinet avec la Princesse de Tarente, le Valet de Chambre sort.

LA PRINCESSE DE LAMBALLE, *seule :*

Si je ne m'abuse, cette femme est la même qui s'est présentée chez moi pour la fête du maire d'Étampes;

j'espère que la Reine sera punie de sa curiosité. Ses principes sont si éloignés de ses maximes!... *(Regardant le cabinet.)* Mais vous l'avez voulu, vous allez être satisfaite.

Scène VII
La Princesse de Lamballe, Olympe de Gouges.

LA PRINCESSE, *à part :*

C'est elle-même, c'est cette audacieuse. Humilions son orgueil : asseyons-nous.

OLYMPE, *surprise et s'approchant avec mépris de la Princesse, la considérant avec un air de pitié et haussant les épaules en souriant.*

Asseyons-nous aussi. *(Elle prend un fauteuil et s'assied et appuie son coude sur le piano.)*

LA PRINCESSE DE LAMBALLE, *se levant avec colère :*

Quelle audace! *(À Olympe.)* Oubliez-vous que vous êtes chez la Reine? Que ce manque de respect pourrait vous coûter cher?

OLYMPE, *riant avec éclat et restant assise :*

Ô la bonne aventure, je ne la donnerais pas pour un empire, elle me vaudra une scène de comédie qui fera courir tout Paris. Vous m'amusez infiniment et je vous avouerai franchement que, le cœur ulcéré des calamités publiques que l'insatiable dépravation de la Cour a cumulées depuis longtemps, je ne croyais pas que je rirais de si bon cœur avec une de ses héroïnes. Quoi, sérieusement Madame, vous me faites un crime de m'asseoir quand vous m'en donnez l'exemple?

LA PRINCESSE DE LAMBALLE

Mon rang, ma naissance...

OLYMPE

Vaine chimère, le rang, la naissance ne vous donnèrent dans aucun temps le droit d'offenser impunément personne. À quelle époque, grand Dieu, vous permettez-vous ces excès, cette superstition, cette folie, cette extravagance! *(Se levant.)* Mais brisons là, je ne viens pas pour vouloir vous ôter vos chimères, ce serait tenter l'impossible et certes je ne me sens pas assez de courage pour l'essayer. Mais vous êtes l'amie de la Reine; vous lui creusez depuis longtemps le précipice qui s'entr'ouvre sur ses pas; perfide, vous la perdez et vous allez produire des forfaits d'une espèce étrangère à la terre. Je sais que la Cour machine un complot, du moins on le soupçonne.

LA PRINCESSE DE LAMBALLE

Et vous le croyez?

OLYMPE

Je vous crois capable de tout, que ne feriez-vous pas, vous autres courtisans, pour assouvir votre aveugle ambition? Tous vos efforts seront impuissants, la masse des bons citoyens veut la liberté et l'égalité. Vous périrez tous avant qu'aucune force, aucune autorité ait pu changer sa résolution.

La raison, la justice, la nature sont pour la souveraineté nationale; vous n'êtes plus rien, rien vous dis-je... Cependant il dépend de vous encore, vils courtisans, de sauver ce trône de sang, cette monarchie fantôme imposant des siècles d'ignorance du peuple et tyran des plus beaux droits de l'homme! Enfin il est temps encore de prévenir un massacre affreux. Vous ne m'écoutez pas... Ciel... Il est donc vrai : le langage de la vertu n'est pas celui des cours! Mais ne croyez pas que la timidité ni la crainte m'aient fait faire cette démarche. Je poursuis les factieux sous tous les rapports. J'abhorre les tyrans mais pour les détruire je ne veux pas qu'on emploie le fer des Jacobins. Je ne veux point que ma nation se souille du sang même des coupables. Je sais que la Cour va au même but que ces assassins, que sous le masque du patriotisme, elle trompe les bons citoyens. Je veux éclairer ma nation, le monarque, s'il est possible qu'il soit digne d'être le roi des Français. Voilà quel est le but de cette démarche.

Scène VIII

Les Précédents.

LA PRINCESSE DE LAMBALLE, *à son Valet de Chambre :*
Conduisez Madame.

OLYMPE

Chez la Reine. Pour la première fois elle entendra la vérité, je vois trop l'intérêt que l'on a de l'écarter de son oreille.

LA PRINCESSE DE LAMBALLE,
se mordant le bout des doigts et à part :

Quel supplice!... mais feignons. *(Haut.)* La Reine, Madame n'est point visible. Je ne manquerais pas de lui faire part de votre démarche, elle en sera instruite, soyez-en bien sûre.

OLYMPE

Lui rendez-vous bien exactement une conversation, Madame?

LA PRINCESSE DE LAMBALLE

Vous pouvez y compter, Madame.

OLYMPE

Voudriez-vous bien, Madame, lui remettre ce placard, qui devait être affiché ces jours derniers et qui n'a pu l'être encore tant les malveillants ont de crédit dans ce moment.

LA PRINCESSE DE LAMBALLE, *en persiflant :*

La Reine ne reçoit rien, Madame, mais je suis bien étonnée de votre aversion pour les factieux! Votre langage, vos écrits les justifient assez.

OLYMPE

Dites mieux! Je les démasque et c'est ce qui vous désespère. Je sais que ces derniers m'abhorrent autant que les courtisans mais que m'importent leur haine et la vôtre. Je fais tout pour ma patrie, j'y expose ma vie, je le sais, mais qu'il est beau de la perdre pour une si belle cause. Si vous ou moi nous périssons par la main des assassins, la postérité approuvera ou vengera notre mort. Voilà la seule différence que je trouve entre vous et moi. Puisse le sort qui nous menace toutes deux ne frapper que moi seule et rappelez-vous d'une factieuse telle que moi... Adieu.
(*Elle sort avec fierté.*)

LE VALET DE CHAMBRE, *avec surprise :*

Quelle audace!

OLYMPE, *avec mépris :*

Baisse les yeux, rampant valet d'une esclave.

Scène IX

La Reine et la Princesse de Tarente, sortant du Cabinet, la Princesse de Lamballe.

LA REINE

Quelle femme! Tout mon sang s'y est glacé dans mes veines!

LA PRINCESSE DE LAMBALLE

Quoi, Madame, vous paraissez émue, vous qu'aucun péril n'a pu effrayer, les discours d'une tête exaltée vous en imposent? Ah! de grâce, ne vous laissez point abattre dans un moment où vous avez besoin de toutes vos forces.

LA PRINCESSE DE TARENTE

Une fanatique de patriotisme, une étourdie qui s'expose elle-même voudrait nous donner des leçons! J'admire la patience de la Princesse de Lamballe. Si je m'étais trouvée à sa place j'aurais fait réprimer par mes gens son impertinence.

LA REINE, *avec trouble :*

Cette étourdie, cette fanatique, cette audacieuse a peut-être raison.

LA PRINCESSE DE LAMBALLE

L'en croyez-vous?

LA REINE

Je ne sais; mais si j'étais à sa place j'y penserais peut-être et je vous avouerai même que je la vois bien différemment que vous autres. Sans doute si elle eût servi mes intérêts, elle les aurait défendus jusqu'à la mort.

LA PRINCESSE DE LAMBALLE
ET LA PRINCESSE DE TARENTE, *faisant la grimace,*
LA REINE, *à toutes deux :*

Mes amies, mes fidèles amies, ce que je dis n'est pas pour vous affliger. Je regrette seulement que vous n'ayez pas tout employé pour la séduire. Il fallait savoir flatter son amour-propre, son orgueil.

LA PRINCESSE DE LAMBALLE

Quoi! Nous abaisser?

LA REINE, *l'interrompant :*

Oui! Caresser sa folie, vanter son civisme, sa philosophie. Ces prétendus philosophes sont si bêtes, leur patriotisme est si bizarre, si sujet au changement, vous le voyez. Croyez-vous qu'il m'en a coûté moins de flatter, d'encourager tout ce qui m'entourait? Vous avez vu ces fiers satellites de la garde parisienne vomir au loin des injures contre moi? À peine m'avaient-ils approchée, qu'ils devenaient souples, soumis et on les entendait ensuite faire mon éloge, partout me plaindre et prendre ma défense, enfin on me doit cet heureux retour à la majorité et quels que soient l'or et l'argent qu'on a semés partout, rien n'a prévalu sur les cœurs comme ma bienveillance : mes amies, permettez-moi de vous le dire, pour des Esprits de Cour vous possédez peu l'art de séduire les faibles humains. Lorsqu'on est dans le malheur, il faut savoir se plier à la rigueur du sort pour en triompher un jour.

LA PRINCESSE DE TARENTE

Sans doute à l'égard de ceux qui marquent dans la révolution. Mais une femme... une mauvaise tête, qui met toute son ambition à fronder tous les partis et qui est détestée de tous.

LA REINE

C'est pour cela que je la crains davantage. Son austère philosophie tue nos intérêts et conduira peut-être la chose publique à ne vouloir plus de monarchie. Il y a de l'adresse à ramener ces esprits. Je sais qu'on ne peut les séduire qu'en excitant leur pitié. C'est un grand malheur sans doute de s'humilier à tel point mais il faut savoir commander à l'orgueil, immoler son amour-propre et sacrifier tout à son ambition.

LE COUVENT
OU LES VŒUX FORCÉS

Pièce écrite en 1790 pour dénoncer l'usage, alors assez répandu, d'enfermer dans des couvents des jeunes filles orphelines ou sans dot et de les contraindre à prononcer leurs vœux. La Convention allait peu après abolir les vœux à perpétuité.

ACTE PREMIER

Le Théâtre représente le derrière d'un Couvent. Dans le fond est une grande porte pour l'entrée des provisions.

Scène I

Le Marquis de Leuville, le Grand-Vicaire, Le Curé.

LE MARQUIS

Dans toute autre circonstance vos raisons seraient fort bonnes, M. le Curé; mais elles ne peuvent avoir ici leur application.

LE CURÉ

Quel si grand intérêt vous dispose à vouloir si impérieusement que Julie prononce ses vœux?

LE GRAND-VICAIRE

Prétendriez-vous que M. le Marquis ait à vous rendre compte de sa conduite? Je connais ses motifs, et cela doit vous suffire.

LE CURÉ

Pardonnez, Monsieur, je sais qu'en votre qualité de Vicaire-Général vous avez dans les Couvents une autorité que je n'y ai point; mais au moins mon caractère excuse suffisamment ma démarche : et je ne crois point que M. le Marquis puisse se dispenser d'entendre les représailles de son Pasteur.

LE GRAND-VICAIRE

Elles sont inutiles, et s'il le faut, je vous recommande le silence.

LE CURÉ

Votre ton me force à justifier mes instances. *(Au Marquis.)* Lisez, Monsieur, la lettre que je viens de recevoir.

LE MARQUIS, *lisant :*

« Il ne reste plus que ce seul moyen, accourez, Monsieur, je vous en conjure par tous les sentiments de piété et de religion qui vous animent; empêchez, retardez au moins les vœux que l'on arrache à la malheureuse Julie. Pour animer votre zèle, sachez que l'obstination du Marquis de Leuville cache un mystère d'iniquité... Le temps le découvrira peut-être... Je ne puis en dire davantage... »

À part, un peu éloigné et troublé.

C'est Angélique, c'est ma Sœur qui a tracé ces lignes; aurait-elle instruit Julie du secret de sa naissance?

(Au Curé, après s'être remis de son trouble.)

Eh bien, cette lettre est anonyme, vous arrêteriez-vous à un pareil écrit ?

LE CURÉ

Prenez garde, Monsieur, certaines circonstances, vagues à la vérité, que je me suis rappelées en la lisant... Vous eûtes autrefois une Sœur... Un mariage qui n'eut point votre approbation... La mort soudaine de son époux... La disparition de cette Sœur et de son enfant encore au berceau... Un voile, jusqu'à présent impénétrable, n'a laissé sur cet événement que des conjectures.

LE MARQUIS, *avec une fureur concentrée :*

M. le Curé...

LE GRAND-VICAIRE

Qui vous a chargé du soin de la famille de M. le Marquis, et comment oubliez-vous la charité, jusqu'à vous permettre des suppositions odieuses ?

LE CURÉ

Le Ciel, qui connaît la pureté de mes intentions, fait que je ne suppose point, que je repousse même les bruits injurieux à M. de Leuville.

LE MARQUIS

Faites mieux encore, renoncez à cette opposition, qui d'ailleurs n'aboutirait à rien, puisque les vœux de la novice sont décidément arrêtés entre Madame l'Abbesse et moi.

LE GRAND-VICAIRE

Songez, enfin, à l'intérêt du Ciel qui attend ce nouveau triomphe de la religion. Laissez tranquillement des mains innocentes se consacrer au culte des Autels.

LE CURÉ

Ah! Si le sacrifice était volontaire, s'il se consommait dans un âge où la raison et l'expérience permissent d'en mesurer toute l'étendue; quoiqu'il répugne à la nature, j'y applaudirais volontiers. Mais à seize ans, à cette époque de la vie, où le cœur incertain cherche à se connaître, où les premières impressions commencent à se développer, à cet âge où l'innocence est si timide qu'elle ploie sans oser murmurer sous le joug qu'on lui impose, commander l'abnégation de soi-même, ordonner le plus inconcevable de tous les sacrifices, enchaîner un enfant, aveuglément docile, dans des liens qui ne se briseront jamais; c'est offenser l'Être Suprême, c'est s'opposer aux lois éternelles de la création, c'est rendre barbare le culte d'un Dieu de paix.

LE GRAND-VICAIRE

Qu'osez-vous prononcer contre cette religion dont vous méconnaissez la sévérité? Oubliez-vous qu'elle n'admet à ses Autels que des mains pures et sans taches? Oubliez-vous que renoncer au monde est le premier devoir de ceux qui se consacrent au ministère sacré?

LE CURÉ

Plût au Ciel qu'aucun motif humain n'y eût jamais appelé cette foule d'ambitieux, qui ne considèrent dans la vie sacerdotale qu'un chemin trop facile pour arriver à la fortune, et se procurer toutes les jouissances de la mollesse et du luxe! L'Église n'aurait point à rougir de la corruption des mœurs de ses Ministres : moins opulents, ils en seraient plus respectables.

LE MARQUIS

Quoi! Monsieur, vous dont le zèle si pur et les mœurs austères servent d'exemple à votre troupeau, vous prêcheriez une morale malheureusement mise à la mode par de prétendus Philosophes, vous seriez le panégyriste de l'erreur?

LE CURÉ

La Religion ne commande point d'être sourd à la voix de la nature. Concilier ses dogmes avec les devoirs de la société, voilà la morale, voilà l'instruction que nous devons aux hommes. Laissez se consacrer au service des Autels celles qu'une vocation particulière y appelle dans un âge où la raison ait pu suffisamment les éclairer sur le choix d'un état où il est si difficile de se plaire; mais renoncez au pouvoir tyrannique de condamner à des regrets la timide innocence que vous enchaînez dans les Cloîtres. Songez que le droit de se choisir librement une place dans la société appartient, par la nature, à tout être pensant, et que le premier de tous les devoirs est d'être utile.

LE MARQUIS

Raisonnements superflus, qui ne peuvent ébranler ma détermination. Julie est sans fortune; sa dot payée, ses vœux prononcés, je me verrai débarrassé, pour toujours, du soin que j'ai bien voulu prendre d'elle.

LE CURÉ

Tremblez de lui vendre trop cher des services... sans doute généreux... Sexe faible et malheureux, trop souvent sacrifié à des convenances barbares, on t'interdit le pouvoir de te déterminer sur la moins importante des considérations de fortune, et cependant on t'enchaîne par des serments inviolables, on veut que tu puisses signer un contrat dont la raison frémit.

Les Précédents.

Scène II

LE CURÉ

Je ne vous quitte pas, Messieurs, trouvez bon que je vous accompagne au parloir. Il n'est peut-être que trop nécessaire de rappeler à Madame l'Abbesse qu'elle ne doit permettre aucune violence sur les dispositions de Julie.

LE GRAND-VICAIRE

Dispensez-vous de ce soin.

LE MARQUIS

Nos mesures sont prises, nul obstacle ne peut en arrêter l'effet.

LE CURÉ

Eh bien, sachez ce que l'humanité et la religion m'ordonnent de faire. Je paraîtrai à la cérémonie dont il n'est pas permis de m'interdire l'entrée; j'y réclamerai hautement les droits naturels et la liberté; si la Novice hésite, si je m'aperçois de quelques violences, je déposerai ma protestation au greffe du tribunal de justice, et j'investirai votre victime du pouvoir de faire casser des vœux évidemment forcés.

LE GRAND-VICAIRE, *à part, au Marquis :*

Le bourreau nous tiendra parole. Tâchons d'amollir sa fermeté par l'espoir des récompenses.

LE MARQUIS, *au Curé :*

Une semblable démarche, M. le Curé, contrarierait fort de certaines dispositions où vous êtes intéressé. Je suis le parent et l'ami du Ministre de la feuille des bénéfices. Déjà, j'ai sa promesse en votre faveur. Prenez garde que je peux en précipiter l'effet, ou lui rendre sa parole d'une manière à vous ôter tout espoir pour l'avenir.

LE GRAND-VICAIRE

La réputation de vertu de M. le Curé m'avait aussi inspiré des vues. On connaît mon ascendant sur l'esprit de notre Prélat. Certaine prébende qui vaquera bientôt dans un Chapitre opulent...

LE CURÉ

Ainsi, pour prix de ma complaisance, je pourrais, sous peu de temps, me voir revêtu d'un Canonicat ou de quelque gros Prieuré?

LE MARQUIS

N'en doutez pas.

LE GRAND-VICAIRE

Vous devez y compter.

LE CURÉ

Gardez, Messieurs, pour des âmes vénales de pareilles propositions. J'irais à l'opulence par l'oubli de mes devoirs! ma portion congrue, un faible patrimoine, l'économie et la sobriété, voilà mes richesses. Je n'en désire point d'autres; elles suffisent à mes besoins et aux secours qu'un Pasteur doit à ses Paroissiens.

Scène III

Les Précédents, Antoine.

ANTOINE

Messieurs, Madame l'Abbesse vous attend au grand parloir.

LE MARQUIS

Nous y allons.

LE GRAND-VICAIRE

Monsieur le Curé, si notre amitié, si nos offres vous touchent peu, craignez au moins notre mécontentement.

LE CURÉ

Ni promesses, ni menaces ne me feront manquer à mon devoir.

Scène IV

Antoine, Sœur Agathe, dans le fond du Théâtre, en dedans du jardin.

ANTOINE

Vous venez fort à propos, ma Sœur, le Père Hilarion va arriver, et vous l'introduirez à la salle du Chapitre.

SŒUR AGATHE, *à travers la grille*

Tout y est prêt pour la cérémonie; on n'attend plus que lui pour achever de vaincre l'irrésolution de la Novice.

ANTOINE

Justement le voici.

Scène V

LE CHEVALIER

Eh! quoi, ma Sœur, ce Couvent renferme une brebis égarée qui résiste à la voix du Ciel? Serait-ce le fruit des mauvais conseils que lui donnent peut-être quelques Religieuses?

SŒUR AGATHE

Hélas, mon père, nous faisons tous nos efforts pour vaincre l'esprit tentateur; mais vous savez que le plus juste pèche sept fois par jour.

LE CHEVALIER

Qui peut donc l'entretenir dans ces dispositions mondaines?

SŒUR AGATHE

Dieu seul sait pénétrer les replis des cœurs. La Mère Abbesse, M. de Leuville, et la Sœur Angélique, n'ont pu jusqu'à présent vaincre sa résistance.

LE CHEVALIER, *vivement :*

La Sœur Angélique, dites-vous, quelle est-elle?

SŒUR AGATHE

La meilleure amie de Julie, celle de nos Sœurs à qui elle est le plus attachée, et qui a pris le plus de soin de son enfance.

LE CHEVALIER

Mais cette Sœur connaît le Marquis de Leuville?

SŒUR AGATHE

Oh! beaucoup, souvent ils ont ensemble de très longues conversations, dont jamais nous n'avons pu pénétrer le motif.

LE CHEVALIER, *à part :*

Quel trait de lumière! C'est elle, sans doute, c'est ma tante, ô frère cruel. *(À Agathe.)* Introduisez-moi promptement auprès de la Novice, je veux lui parler sans témoins. Je saurai lire dans son cœur; je découvrirai ce mystère que l'on s'efforce de vous cacher.

Sœur Agathe ouvre la grille et introduit le Chevalier.

ACTE II

Le Théâtre représente la salle du Chapitre, disposée pour la cérémonie des vœux. Au milieu est une espèce d'autel sur lequel on voit un gros livre.

Scène Première

Sœur Angélique, Julie.

JULIE, *dans la plus grande douleur :*

Non, je ne prononcerai point ce serment... infortunée... pourquoi suis-je au monde?

SŒUR ANGÉLIQUE

Ma fille, ayez un peu plus de confiance en vous-même... Que vous rendez mes jours malheureux! Vous ignorez tout l'intérêt que je prends à vous.

JULIE

Ah! Madame... ah! ma mère... permettez-moi de vous donner ce nom?

SŒUR ANGÉLIQUE

Oui, ma fille, appelle-moi ta mère, j'ai plus que tu ne penses des droits à ce titre.

JULIE

Vous seule ne me repoussez pas avec cruauté... quoi, vous versez des larmes? Vous vous attendrissez sur mon sort? Ah! sans doute, vous désapprouvez la violence qu'on veut me faire.

SŒUR ANGÉLIQUE

Contribuer à ton malheur, moi qui ne fais des vœux que pour ta félicité!

JULIE

Affermissez mon âme contre la persécution qu'on lui prépare : dites-moi que le Ciel ne blâme point ma résistance, et que je ne peux l'offenser en me refusant à des vœux contre lesquels mon cœur se révolte.

SŒUR ANGÉLIQUE

Hélas! vous n'êtes pas la première victime qui se soit sacrifiée aux caprices de parents injustes.

JULIE

Des parents! Et quels sont les miens? Inconnue à moi-même, abandonnée dès mon enfance, sais-je quelle est ma famille? Pourquoi m'a-t-elle rejetée de son sein? Sont-ce mes parents qui me tyrannisent? Ne dois-je les connaître qu'à leur persécution? Et si je n'en ai point, si je suis laissée aux soins de la Providence, qu'importent mes vœux à la nature entière?... Oh! ma mère, qui que vous soyez, si vous vivez encore, que ne paraissez-vous pour m'arracher à mes oppresseurs?

SŒUR ANGÉLIQUE, *la serrant avec une vive émotion :*

Ma fille! Ma chère fille! *(elle s'arrache de ses bras, et à part).* Mon secret allait m'échapper. Frère inhumain! Ton âme de tigre s'amollirait peut-être si tu étais témoin de ces combats de la nature.

JULIE

Et vous aussi, mon unique appui, vous vous éloignez de moi. J'étais si bien contre votre cœur; pourquoi m'en repousser? Je ne sais quel charme m'y attire. Ah! laissez-moi me livrer à ces embrassements qui allègent le poids de ma déplorable existence.

SŒUR ANGÉLIQUE

Oui, mon enfant, prends confiance dans une amie plus malheureuse que toi.

JULIE

Vous malheureuse! Et vous me consolez! Ce n'est donc que dans le sein des infortunés que l'on trouve de la pitié?

SŒUR ANGÉLIQUE

Je suis d'autant plus à plaindre que tes maux mettent le comble à tous les miens.

JULIE

Ô pouvoir de la vertu, qui oublie ses souffrances pour verser la consolation dans le sein des opprimés!

SŒUR ANGÉLIQUE

Tes persécuteurs n'entreprennent rien contre toi qui ne retentisse, hélas! dans ce cœur trop déchiré.

JULIE

C'est porter trop loin l'excès de vos bontés. Combien de fois votre courage à me défendre des tracasseries, des humiliations dont on m'abreuve, vous a exposée vous-même au courroux des Supérieures!

SŒUR ANGÉLIQUE

Trop heureuse de souffrir, lorsque je t'épargnais des peines...

JULIE

Ah! vous ne pouvez les connaître toutes.

SŒUR ANGÉLIQUE

Ma fille, tu aurais pour moi quelque secret? Enfermée dans ce Cloître depuis ton enfance, je ne puis deviner la source de tous tes chagrins? Me serais-je trompée, quand j'ai cru que ta répugnance n'était fondée que sur le défaut de vocation?

Textes dramatiques

JULIE

Plût au Ciel qu'un autre sentiment...! *(Elle s'arrête pour ne pas achever l'aveu.)*

SŒUR ANGÉLIQUE

Achève, ouvre-moi ton cœur.

JULIE

Cet effort m'est impossible, laissez-moi mourir avec mon secret.

SŒUR ANGÉLIQUE

Mourir! Toi qui m'es plus chère que la vie! Ah! ce serait m'entraîner dans le tombeau. Ne me refuse point ta confiance tout entière. Si je ne peux te laisser l'espérance, je partagerai au moins ta douleur, elle en sera plus légère.

JULIE

Je ne résiste plus à l'empire que vous avez sur moi; apprenez... on approche... Les cruelles viennent hâter ma perte. Ne m'abandonnez pas.

SŒUR ANGÉLIQUE

Rassure-toi, conserve ton énergie pour leur résister : dût leur courroux m'accabler, je m'opposerai de tout mon pouvoir à la tyrannie qu'on exerce contre toi.

Scène II

Les Précédentes, L'Abbesse, plusieurs Religieuses.

L'ABBESSE, *à Julie, d'un ton hypocrite :*

Voici le moment, ma Sœur, où vous allez remporter sur l'Enfer une victoire agréable au Ciel; encore quelques instants, et vous vous enchaînerez pour toujours aux devoirs les plus saints... Vous versez des larmes, ma Sœur, c'est sans doute la joie de quitter l'esclavage du monde, qui vous les fait répandre.

JULIE

Que vous interprétez mal le désespoir qui m'accable!

L'ABBESSE

Que dites-vous, ma Sœur? Vous résisteriez au pouvoir de la grâce?

JULIE

Non, Madame, aucune voix intérieure ne m'appelle à l'état que l'on veut me faire embrasser : j'offenserais la religion même, si j'osais prononcer des vœux démentis par mon cœur.

L'ABBESSE

Cette irrésolution est un piège de l'Ange de ténèbres; ayez le courage, ma chère fille, de la surmonter, marchez à l'autel avec une fermeté digne des faveurs que le Ciel vous réserve; prenez exemple sur nos Sœurs, voyez-les s'applaudir elles-mêmes des chastes liens qui les séparent d'un monde corrompu.

JULIE

J'admire leur constance sans pouvoir l'imiter.

L'ABBESSE

Pensez qu'il ne vous reste d'autre parti à prendre, faites-vous un mérite d'obéir à la nécessité.

JULIE

Eh! pourquoi y serais-je condamnée? Déchirez le voile qui couvre ma naissance; si je la dois à des parents pauvres, j'irai partager leur misère. Des mains généreuses n'ont-elles pris soin de mon enfance que pour me persécuter? Je ne demande point à sortir de ce Cloître, mais au moins qu'on retarde la cérémonie dont la religion s'irriterait. Laissez à mon cœur le temps de le disposer.

SŒUR ANGÉLIQUE

Ayez pitié de la jeunesse, accordez quelques délais à ses larmes.

L'ABBESSE

Impossible, ma Sœur. M. le Marquis de Leuville exige que ses vœux soient prononcés aujourd'hui, ou il cesse de payer sa pension.

SŒUR ANGÉLIQUE, *à part :*

Le cruel poursuit ses iniquités.

JULIE

Ah! Madame, ne fermez point votre âme à la pitié. Si M. de Leuville me retire ses bienfaits, occupez-moi aux ouvrages les plus vils de la maison. Je ne lui serai point à charge. Je me soumettrai à tout jusqu'à ce que ma répugnance soit vaincue.

L'ABBESSE

Vous insistez en vain, sans dot vous ne seriez pas reçue, M. de Leuville n'entendrait plus en faire le sacrifice.

SŒUR ANGÉLIQUE

Je présumais bien que lui seul s'obstinait à perdre la malheureuse Julie. *(Serrant Julie dans ses bras.)* Fille infortunée! Ta perte est le comble des vengeances d'un barbare. *(À l'Abbesse.)* Servirez-vous ses projets, Madame, en contribuant au sacrifice de cette innocente victime? Si vous saviez...

L'ABBESSE

Oui; je sais que vous entretenez Julie dans la désobéissance; on m'en avait instruite, et vous confirmez mes soupçons. Religieuse imprudente, dont les conseils pervers s'opposent à la voix du Ciel, retirez-vous... Je vous ordonne le silence le plus absolu, ou craignez...

JULIE, *retenant Angélique :*

Ah! Madame, lui feriez-vous un crime de sa compassion?

L'ABBESSE

Sonnez, vous dis-je, et ne quittez votre cellule que par mon ordre. *(Elle sort.)* Et vous, qui osez méconnaître la soumission due à vos bienfaiteurs, n'espérez pas que l'on se rendra à une résistance criminelle.

Scène III

L'Abbesse, Julie, le Chevalier, Sœur Agathe.

L'ABBESSE

Venez, mon révérend Père, achevez de ramener au bercail cette brebis égarée, c'est un miracle digne du Ciel et de son auguste interprète.

LE CHEVALIER

Voilà donc la Novice qui doit faire profession.

L'ABBESSE

Oui, c'est cette rebelle; nous allons vous laisser seul avec elle pour ne point vous distraire dans vos pieuses exhortations. *(Toutes les Religieuses sortent après avoir baisé l'une après l'autre le bas du froc du Capucin.)*

Scène IV

Julie, le Chevalier, en capucin

LE CHEVALIER, *à part :*

Quel moment pour tous deux!

JULIE, *à part :*

Tout mon sang s'est glacé dans mon cœur. Je ne saurais me soutenir.

LE CHEVALIER

Ciel, elle a perdu connaissance! *(Il lui prend la main.)* Julie, adorable Julie, revenez à vous, les moments nous sont chers. Je n'ai pas le dessein d'ajouter à vos tourments. Ouvrez vos yeux à la lumière, et ne voyez en moi que votre consolateur.

JULIE

Vous me consolez! Vous que l'on a choisi pour achever ma perte!

LE CHEVALIER

Revenez de votre erreur, je ne suis ni oppresseur ni implacable. Accordez-moi votre confiance, et comptez sur tous mes efforts pour vous assurer des jours moins orageux.

JULIE

Ce langage me rassure *(à part, en considérant le Capucin)*, et ses yeux m'annoncent qu'il n'est pas inexorable. *(Haut.)* Ah mon Père! Et comment échapper au sacrifice que l'on exige de moi? La résistance est désormais inutile; accablée par tout ce qui m'environne, on m'ôte jusqu'à l'amie courageuse qui soutenait ma fermeté! Et peut-être la pénitence, les reproches, les humiliations, seront-elles le prix du tendre intérêt qu'elle a osé me témoigner.

LE CHEVALIER

Je viens remplacer ses soins sans danger pour vous; croyez que mes conseils seront conformes à votre situation, et que, loin de vous blâmer, moi-même je vous affirmerai dans votre résolution.

JULIE

Vous êtes donc un Ange de paix envoyé du Ciel même pour me protéger.

LE CHEVALIER

Je ne suis qu'un mortel à qui vous inspirez tous les sentiments que méritent votre jeunesse, votre beauté et vos malheurs. Expliquez-vous sans détour et sans crainte. Quel est le motif de votre répugnance pour le cloître?

JULIE

Je ne redoute point cet asile, et je ne pensai jamais à le quitter. Étrangère au monde, que pourrait y chercher un être infortuné, abandonné dès le berceau aux soins de la Providence? La seule grâce que j'implore, c'est de vivre parmi ces Religieuses jusqu'à ce que ma vocation soit décidée.

LE CHEVALIER

Mais si vous n'avez pas d'aversion pour cet état, comment pouvez-vous craindre de vous y engager par un vœu solennel?

JULIE

La situation actuelle de mon cœur me défend de me consacrer au service des Autels.

LE CHEVALIER

Expliquez-vous, Julie : quel est ce sentiment impérieux dont vous éprouvez la puissance? Ne serait-ce qu'un trouble vague, ou s'est-il fixé sur quelqu'objet? À votre âge, l'âme s'ouvre facilement aux impressions de la sensibilité. Ne retenez point un aveu nécessaire si vous voulez que je vous sois utile.

JULIE

Qu'il est pénible de s'avouer coupable!

LE CHEVALIER

Eh! De quoi seriez-vous coupable? Penseriez-vous que le Ciel pût condamner des sentiments dont il mit le germe dans notre âme? Ah! croyez que la nature n'est jamais en contradiction avec le Créateur, et qu'en se développant elle ne fait qu'obéir aux lois éternelles qu'il lui prescrivit. Ô sagesse suprême! Quelle étrange opinion on ose concevoir de ta justice. Tu tendrais un piège inévitable à la faiblesse humaine pour l'en punir éternellement! Blasphémateurs d'un Dieu de bonté, vous seuls méritez les supplices dont vous épouvantez les esprits égarés par votre doctrine... Julie, rassurez-vous, le Ciel ne s'irrita jamais contre la vertu cédant aux plus doux sentiments de la nature.

JULIE

Qu'entends-je!... Ce langage ranime mes sens, vous rendez le calme à mes esprits troublés. Oui, j'aurai le courage de vous faire l'aveu de mes plus secrètes pensées. Un penchant que j'ai en vain combattu me fait frémir des vœux que l'on exige de moi.

LE CHEVALIER, *à part :*

Ô Ciel, je frémis. *(Haut.)* Achevez de grâce, ne me cachez pas la plus petite circonstance. Depuis quand et en quelle occasion ce penchant a-t-il pris naissance?

JULIE

Au parloir, où j'ai paru deux fois avec Madame l'Abbesse.

LE CHEVALIER, *à part :*

Deux fois avec Madame l'Abbesse! *(Haut.)* Et savez-vous si l'objet que votre cœur a choisi partage votre inclination?

JULIE

Comment en serais-je informée? Je brûlais de fixer mes regards sur lui, mais la contrainte où l'on me tient, la présence de Madame l'Abbesse et de M. de Leuville, me forçaient de les détourner.

LE CHEVALIER, *à part, avec joie :*

Ah! je respire. *(Haut.)* Encore un mot, Julie, son fils n'était-il pas avec lui? Serait-ce en sa faveur?...

JULIE, *hésitant :*

Il est le seul homme, avec son père, qui se soit présenté à mes regards.

LE CHEVALIER, *se débarrassant de la barbe et du froc :*

Julie! ô ma chère Julie! Vous le voyez à vos genoux.

JULIE

Ô Ciel! c'est lui, qu'osez-vous entreprendre? Malheureux! Fuyez.

LE CHEVALIER, *se relevant et arrêtant Julie :*

Ne craignez rien.

JULIE

Vous courez à votre perte, vous mettez le comble à mes alarmes! Que deviendrais-je si l'on nous surprenait?

LE CHEVALIER

Osez me suivre, osez franchir cette enceinte. Malheur au téméraire qui s'y opposerait.

JULIE

Vous suivre! Oublier mes devoirs! Non, jamais.

LE CHEVALIER

Vous êtes mon épouse; votre premier devoir est de vous confier entièrement à ma foi.

JULIE

Tant de bonheur n'est pas fait pour l'infortunée Julie.

LE CHEVALIER

Nulle puissance ne peut me séparer de vous, je suis majeur, j'ai le droit de me choisir une compagne. Votre consentement seul décidera de votre sort; venez.

JULIE

Ne l'espérez pas, laissez-moi subir ma destinée. N'ajoutez pas à l'horreur qui m'environne le spectacle de vous voir poursuivi comme un coupable. Par pitié pour moi éloignez-vous.

LE CHEVALIER

Non cruelle! je reste, et dussé-je y périr, j'empêcherai cet affreux sacrifice.

JULIE

Quel fruit attendez-vous de votre obstination?

LE CHEVALIER

La mort, ou votre main... venez...

(Il l'entraîne.)

Scène V

Le Chevalier, Julie, l'Abbesse, plusieurs Religieuses.

JULIE

Nous sommes perdus. *(Elle se laisse tomber sur un siège, le Chevalier se met devant elle.)*

L'ABBESSE

Oh profanation! Un homme dans ces lieux, seul avec Julie! C'est Satan qui s'est introduit parmi nous sous ces vêtements respectables.

LE CHEVALIER, *d'un ton ferme :*

Madame, reconnaissez-moi. Je viens vous disputer cette victime, il faudra m'arracher la vie avant d'arriver jusqu'à elle.

L'ABBESSE

Le fils de M. de Leuville! Tremblez téméraire, votre père va paraître.

LE CHEVALIER

Je sais ce que je dois attendre de son caractère implacable.

L'ABBESSE

Imprudent jeune homme! Je puis encore vous sauver, fuyez, éloignez-vous.

LE CHEVALIER

Moi, fuir! Moi, abandonner à votre barbarie Julie! Mon épouse!

L'ABBESSE

Son épouse!

LE CHEVALIER

Oui, mon épouse, puisque une volonté absolue et l'amour le plus tendre nous unissent.

L'ABBESSE

Julie, vous autorisez cet audacieux par votre silence.

JULIE

Ah! Madame, sauvez-le de son désespoir. Faites retomber sur moi seule le châtiment d'une erreur involontaire. Que M. de Leuville ignore la témérité de son fils. *(Elle va pour se jeter aux genoux de l'Abbesse.)*

LE CHEVALIER, *l'arrêtant :*

Que faites-vous, Julie? N'attendons rien de ces âmes endurcies par une fausse piété. Je le jure à la face du Ciel, je ne sortirai d'ici que pour te conduire à l'autel de l'hyménée. Ni crainte ni respect ne m'en imposeront.

Scène VI

Les Précédents, le Marquis, le Grand-Vicaire, le Curé.

LE MARQUIS

Que vois-je? Mon fils!

L'ABBESSE

Ce fils, indigne de vous, s'est introduit dans cet asile sous ces vêtements sacrés. Nous l'avons surpris entraînant Julie, qui sans doute est complice de son égarement.

LE MARQUIS

Malheureux! Que répondras-tu pour ta justification?

LE CHEVALIER, *d'un ton ferme :*

Que vous me trouverez toujours soumis et respectueux, si vous approuvez le choix de mon cœur.

LE MARQUIS

Sors, et ne me force pas d'invoquer la justice des hommes pour t'arracher de ces lieux.

LE CHEVALIER

Je sortirai, pourvu que Julie me suive, et que vous nous promettiez de nous unir.

LE MARQUIS

Tu résistes après le crime dont tu viens de te souiller? Un rapt dans cet asile sacré... Sais-tu où une pareille profanation peut te conduire?

LE CHEVALIER

À rien, dans ce temps de lumière et de justice. Ce ne sont point les Autels que j'offense, je les sers en défendant l'innocence opprimée. N'attribuez qu'à l'horrible tyrannie que vous exerciez sur cette innocente victime, la nécessité de mon déguisement. L'un et l'autre nous sommes libres de faire un choix. Les lois, l'humanité, les droits de la nature, nous protégeront contre le fanatisme et les vengeances de l'orgueil.

LE MARQUIS

Si je n'écoutais que mon juste courroux... Tremble de m'irriter davantage... Sors, te dis-je, avant que je ne me livre à mon indignation.

LE GRAND-VICAIRE, *à part :*

Quel moment favorable pour me venger de ce Prêtre rebelle! faisons retomber sur lui l'égarement de ces jeunes gens. *(À M. de Leuville.)* Je vais chercher main forte, et je reviens à l'instant. *(Il sort.)*

Scène VII

Les Précédents, excepté le Grand-Vicaire.

LE CHEVALIER

Je vous l'ai déjà dit : je ne sortirai qu'avec Julie, et pour aller aux pieds des Autels ratifier la foi que je lui ai donnée.

LE MARQUIS, *à l'Abbesse :*

Madame, permettez que je fasse appeler la Justice, et que j'aie recours aux lois pour faire punir un audacieux qui me manque de respect, et qui a osé profaner ce lieu saint.

L'ABBESSE

Oui, Monsieur, je vous le permets, il faut un exemple. Vous le devez au culte, à la religion, au ciel même.

LE CURÉ

Ah! Monsieur, qu'allez-vous faire? La fureur vous aveugle, c'est votre fils que vous voulez perdre. Son crime est excusable. La jeunesse, la beauté, le malheur de Julie, l'ont égaré. Écoutez des conseils plus doux. Il se soumettra si l'on retarde la cérémonie.

L'ABBESSE

Quel langage pour un Pasteur! est-ce ainsi que vous défendez ces Vierges de Dieu des passions mondaines?

LE CHEVALIER

Oui, à cette condition je n'insiste plus, pourvu que l'on me promette solennellement que Julie ne sera point tourmentée, et qu'il me sera libre de la voir en présence de mon père et de toutes les Religieuses, afin de les convaincre que mes intentions sont pures et louables.

LE MARQUIS

Vous l'entendez, il prétend encore nous faire la loi. Pour la dernière fois, plus de grâce si tu persistes.

LE CHEVALIER

Quand on est inhumain, injuste, la désobéissance devient un devoir.

LE MARQUIS

Ta perte est inévitable, ingrat, je te déshérite, et je vais te faire enfermer pour le reste de tes jours.

JULIE, *se jetant aux genoux du Marquis* :

Ah! Monsieur, ayez pitié de votre fils, moi seule je suis coupable.

LE MARQUIS

Il ne reste qu'un moyen de le sauver, c'est de monter sur-le-champ à l'autel, et d'y prononcer vos vœux. Je jure d'oublier son crime.

JULIE, *se relevant :*

Ô Dieu! Soutiens mon courage. Pardonne à ma faiblesse si mon cœur dément ce que ma bouche va prononcer. *(Elle marche à l'Autel, le Chevalier l'arrête par un mouvement rapide.)*

LE CHEVALIER

Julie, qu'allez-vous faire? *(Julie, après s'être débarrassée de ses mains, marche à l'Autel.)*

LE CURÉ

Arrêtez, fille infortunée, la violence est manifeste : Dieu rejette des vœux qui ne sont pas librement prononcés. *(À l'Abbesse.)* Madame, je vous engage, par toute l'autorité de la religion, d'empêcher ce sacrilège qui retomberait sur vous et sur ceux qui le commandent. *(À part.)* Mais, qu'entends-je, on arrive en foule! La justice vient à notre secours! Ô Providence céleste! Sauve la victime.

Scène VIII

Les Précédents, le Commissaire, le Grand-Vicaire, Antoine.

LE CURÉ, *au Commissaire :*

Venez, Monsieur, venez, joignez-vous à moi pour arrêter la violence qu'on veut exercer ici contre cette innocente créature. Les vrais Magistrats sont l'appui des opprimés.

LE GRAND-VICAIRE, *à part :*

Maudit homme! *(Haut.)* Pensez-vous que Monsieur ignore son devoir et ce qu'il doit au bon ordre? Ne vous flattez point de l'induire en erreur : vouloir enlever de vive force une jeune personne qui brûle de se consacrer à Dieu!

LE CURÉ, *au Commissaire :*

Je laisse à votre prudence le soin de punir le coupable. Qu'un père vous livre lui-même son fils, mais pour la Novice, je la défendrai contre vous tous, et Monsieur, que vous avez amené va la mettre sous la protection de la loi.

L'ABBESSE

Ceux qui n'ont avec le monde aucune communication sont-ils encore dépendants de ses lois?

LE COMMISSAIRE, *avec fermeté :*

Dans aucun siècle, je pense, ils n'en ont été exempts. M'avez-vous fait appeler, Madame, pour vous y refuser? Si vous avez cru pouvoir vous y soustraire, vous êtes dans l'erreur, et pour vous le prouver, je commence par vous ordonner de ne plus exercer votre autorité sur la victime qui refuse de se consacrer aux autels : que dès ce moment elle soit libre dans cet asile, en attendant que le Tribunal ait prononcé sur sa sortie si elle préfère de vivre dans le monde.

JULIE

Non, Monsieur, je ne demande point à sortir, je chéris ma retraite, mais qu'on ne me force plus à offenser le

Ciel. *(Au Chevalier.)* Adieu, Monsieur, oubliez la malheureuse Julie, et rapprochez-vous d'un père à qui vous devez obéir. *(Elle sort.)*

LE CHEVALIER

Quoi, Julie! Quoi, vous m'abandonnez! Elle sort sans m'entendre. *(Se jetant aux genoux de son père.)* Ah! prenez pitié de mon désespoir! Si vous ne m'accordez Julie, je me tue en votre présence. *(Il tire un pistolet, fait un mouvement pour se brûler la cervelle; un Garde lui arrête le bras.)*

LE MARQUIS, *au Commissaire:*

Vous voyez, Monsieur, avec quelle violence?...

LE COMMISSAIRE

Ceci me regarde, Soldats, saisissez ce jeune insensé. *(Au Chevalier.)* Je suis fâché, Monsieur, que votre imprudence m'oblige à cette précaution; rendez vos armes, si vous ne voulez me forcer à user de violence.

LE CHEVALIER

J'obéis, Monsieur.

Scène IX

Les Précédents, Antoine.

ANTOINE

Accourez, accourez, Monsieur le Commissaire, la rue est toute pleine de monde, et l'on va forcer les portes du Couvent si vous n'y mettez ordre.

L'ABBESSE

Que dites-vous, Antoine? Et pour quel sujet vient-on troubler des Vierges dans leur retraite sacrée?

ANTOINE

Ah! Madame l'Abbesse, on dit que vous le savez bien, je n'oserions jamais vous dire tout ce qu'on débite sur votre compte, sur M. de Leuville et sur M. le Grand-Vicaire, j'en avons le tympan brisé. Tant y a que l'peuple dit comme ça qu'la Novice n'prononcera pas ses vœux.

LE GRAND-VICAIRE, *au Curé :*

Voilà, Monsieur, le fruit de votre tolérance!

LE CURÉ

Voilà, Monsieur, les effets de votre persécution. *(Au Commissaire.)* Venez, Monsieur, allons calmer ce peuple agité. Que votre douceur, plutôt que votre sévérité, le fasse rentrer dans son devoir.

FIN

*Autobiographie
Romans*

MÉMOIRE DE MADAME DE VALMONT

Sur l'ingratitude et la cruauté de la famille des Flaucourt envers la sienne, dont les sieurs de Flaucourt ont reçu tant de services.

Préface

Il est affreux de se plaindre de ceux qu'on aime, qu'on chérit et qu'on respecte. Je voudrais pouvoir étouffer dans mon âme un ressentiment, hélas! trop légitime; mais l'excès de la cruauté, du fanatisme et de l'hypocrisie l'emporte; et quoique je sois condamnée à un éternel silence, par décence pour moi seule, les souffrances d'une mère infirme, son âge, l'affreuse indigence où elle est plongée, ne me font plus connaître de frein à l'égard des personnes que la Nature me force d'inculper.

Je dois rougir, sans doute de l'erreur qui me donna le jour; mais la nature qui ne connaît ni loi, ni préjugé, ne perd jamais ses droits dans une âme sensible.

Que la sentence des Dieux et des hommes me juge dans la position affreuse où je me trouve par l'injustice de ceux qui ont excité en moi la plainte, l'indignation et la révolte. Tous les faits que je vais avancer sont autant de vérités authentiques. C'est une tache imprimée sur la mémoire de M. le Marquis de Flaucourt, et que ceux qui auraient dû l'effacer n'ont fait qu'étendre, en augmentant ses torts.

Mon père m'a oubliée au berceau ; voilà mon sort, et j'ai encore à gémir sur celui de ma mère.

J'avais tout pouvoir de réclamer les droits de la Nature pour mon existence physique, mais j'en faisais le sacrifice, comme on le verra dans ma correspondance avec la famille de Flaucourt, en faveur de celle qui m'a donné le jour.

Les liaisons de sang et d'intérêt qui existaient entre cette famille et la mienne, étaient bien faites pour engager ces âmes dévotes à répandre leurs bienfaits sur la malheureuse filleule de M. le Marquis de Flaucourt, qui éprouve, dans sa vieillesse, la plus affreuse misère.

Jusqu'à présent, je ne l'ai point abandonnée, mais mes moyens sont devenus si faibles, que je me vois obligée de prendre le parti de la retraite.

Ce n'est pas mon sort qui m'afflige, mais c'est la cruelle situation de ma pauvre mère. Je sens mon cœur déchiré, à ce tableau. Que n'emploierais-je point pour lui procurer les secours qui lui sont nécessaires dans sa vieillesse? Combien le poids de la misère doit lui paraître dur et insupportable, après avoir été élevée dans la fortune! et quelle amertume pour elle de souffrir dans sa triste et cruelle situation, sous les yeux de cette ingrate famille!

Tout ce que j'avance est pour faire connaître que nous ne sommes pas étrangers à la famille de Flaucourt.

Mais, quand la mienne aurait été de pauvres mercenaires, la maison de Flaucourt ne serait-elle pas redevable d'un salaire?

LETTRE V

De Madame de Valmont à l'auteur

Ma naissance est si bizarre que ce n'est qu'en tremblant que je la mets sous les yeux du public; et ce ne sera que dans un temps plus heureux, plus tranquille pour moi, et à l'abri de tout soupçon, que je pourrai avec courage, raconter au genre humain les événements qui ont travaillé le tissu de ma vie. Des aveux sincères et dépouillés d'imposture m'obtiendront, sans doute, une estime qu'on refusera peut-être à mes faibles écrits. Si on n'a pas encore vu une ignorante devenir Auteur, une femme vraie et sincère est un être aussi rare, et c'est par une telle singularité que, comme vous, Madame, je puis me distinguer. Il y a tant d'analogie entre vous et moi, que je ne doute pas qu'on nous confonde ensemble. Un jour viendra où cette énigme sera expliquée par vous ou par moi.

Je sors d'une famille riche et estimable, dont les événements ont changé la fortune. Ma mère était fille d'un Avocat, très lié avec le grand-père du Marquis de Flaucourt, à qui le Ciel avait accordé plusieurs enfants. L'éducation du Marquis, l'aîné de ces enfants, fut confiée à mon grand-père qui s'en chargea par pure amitié. Le cadet, qui existe encore et que son mérite a élevé jusqu'à l'Archi-Épiscopat, fut allaité par ma grand-mère : il devint par là le frère de lait de celle qui m'a donné le jour et qui fut tenue sur les fonts baptismaux par le Marquis son frère aîné. Tout ceci se fit de part et d'autre au nom de l'amitié qui régnait depuis longtemps entre ces deux familles : ma mère devint donc chère à tous les Flaucourt.

Le Marquis, son parrain, ne la vit pas avec indifférence. L'âge et le goût formèrent entre eux une douce sympathie dont les progrès furent dangereux. Le Marquis, emporté par l'amour le plus violent, avait projeté d'enlever ma mère et de s'unir avec elle dans un climat étranger.

Les parents du Marquis et de ma mère, s'étant aperçus de cette passion réciproque, trouvèrent bientôt le moyen de les éloigner; mais l'amour ne fait-il pas vaincre tous les obstacles? Le temps ni l'éloignement ne purent faire changer leurs sentiments. Ma mère cependant fut mariée. Le Marquis fut envoyé à Paris, où il débuta dans la carrière dramatique par une Tragédie qui rendra son nom immortel, ainsi que ses odes, ses voyages et plusieurs autres ouvrages non moins recommandables. C'est dans sa grande jeunesse qu'il développa tant de talents; mais le fanatisme vint l'arrêter au milieu de sa carrière, et fit éclipser la moitié de sa gloire. Son célèbre antagoniste [1], jaloux de ses talents, essaya de les obscurcir par la voie du ridicule; mais il ne put y parvenir et il fut lui-même forcé de lui accorder un mérite distingué. En effet, il n'eut peut-être qu'un tort réel dans sa vie; celui d'avoir été insensible et sourd aux cris de la nature. Il revint dans sa province, où il trouva celle qu'il avait aimée et dont il était encore épris, mariée et mère de plusieurs enfants, dont le père était absent. De quelles expressions puis-je me servir pour ne pas blesser la pudeur, le préjugé, et les lois, en accusant la vérité? Je vins au monde le jour même de son retour et toute la ville pensa que ma naissance était l'effet des amours du Marquis. Bien loin de s'en plaindre, le nouvel Amphitryon prit la chose en homme de cour. Le Marquis poussa la tendresse pour moi jusqu'à renoncer aux bienséances, en m'appelant publiquement sa fille. En effet, il eût été difficile de

---

1. Il s'agit de Voltaire.

déguiser la vérité : une ressemblance frappante était une preuve trop évidente. Il y aurait de la vanité à moi de convenir que je ne lui étais pas étrangère, même du côté du moral; mais on m'a fait cent fois la remarque. Il employa tous les moyens pour obtenir de ma mère qu'elle me livrât à ses soins paternels; sans doute mon éducation eût été mieux cultivée; mais elle rejeta toujours cette proposition; ce qui occasionna entre eux une altercation dont je fus la victime. Je n'avais que six ans quand le Marquis partit pour ses terres, où la veuve d'un Financier vint l'épouser. Ce fut dans les douleurs de cet hymen que mon père m'oublia.

LETTRE VI

Rupture du Marquis avec la mère de Madame Valmont Du Marquis de Flaucourt, à son ancienne Maîtresse.

Mademoiselle, il est temps de vous apprendre une mauvaise nouvelle, que j'ai éloignée le plus qu'il m'a été possible. Mes parents ont découvert notre liaison : ils m'engagent à la rompre, et je cède au pouvoir ainsi qu'au respect que je leur dois. J'aime mieux vous prévenir du parti qu'il vous reste à prendre, que de vous voir exposée au danger de leur autorité. J'ai chargé La Fontaine de vous remettre les fonds nécessaires pour votre départ. Quoique j'aie à me plaindre de vous, ce n'est pas dans cette circonstance que je chercherai à vous accabler. Retournez dans votre Patrie, et ne me forcez pas à prendre moi-même un parti violent. *Mon bonheur* dépend de votre éloignement. Vous remettrez toutes mes lettres à La Fontaine, afin qu'il ne reste aucune trace de notre intimité. Cette conduite de votre part apaisera mes parents, et je vous tiendrai compte de votre complaisance par mes bienfaits. Je vous exhorte, Mademoiselle, à suivre l'avis prudent que je vous donne. Si vous résistez, je ne veux plus entendre parler de vous.

Je suis, etc.

LETTRE XXV

De Madame de Valmont au Marquis de Flaucourt, son père, en Languedoc

En prenant la plume pour vous écrire, je me sens agitée de tant de divers sentiments, que je ne sais par où commencer.

Je désire, je crains, je n'ose m'expliquer avec vous. Mais ma fausse honte et ma timidité naturelle m'ont trop fait garder un silence que mon cœur désapprouve.

C'est assez lutter contre moi-même; le sentiment l'emporte aujourd'hui, et je ne peux m'empêcher de vous dire que je suis celle dont la voix publique vous a nommé le père.

Personne ne doit mieux savoir que vous, Monsieur, la vérité d'un fait, que tout le monde a su et reconnu dans le temps. Au respect et à la tendresse que je ressens pour vous, je n'en puis pas douter, mais j'ai encore d'autres raisons pour en être persuadée; c'est l'aveu de ma mère, le peu de ressemblance que j'ai avec ses autres enfants, soit dans la figure, soit dans la façon de voir et de penser, l'assurance de toute votre famille, les témoignages de tendresse que vous m'avez prodigués dans mon enfance, le doux nom de votre fille que vous me donniez alors, le plaisir que vous aviez à l'avouer à tous vos amis.

Si j'ose en croire ceux qui veulent flatter mes inclinations, j'ai dans la figure et le caractère plusieurs traits de ressemblance avec vous, qui ne permettent pas de douter de ce que je suis; mais encore une fois, le penchant de mon cœur est pour moi, la meilleure preuve.

Je ne parle point de l'esprit, il y aurait trop de vanité à vouloir ressembler en ce point à l'auteur de D..., au fameux auteur de tant de beaux ouvrages qui font la gloire de la Nation et qui vous rendront immortel.

On prétend néanmoins que j'ai dans ma façon, une tournure qui ne vous est pas étrangère, et à laquelle l'éducation aurait peut-être pu donner un poli et des grâces qui n'eussent pas été tout à fait indignes de leur source.

Mais, hélas, vous le savez : mes premières années n'ont été que trop négligées, et ce n'a pas été votre faute.

Une tendresse excessive a fait mon malheur. Ma pauvre mère...

C'est tout ce que j'ai à vous reprocher!

Pardonnez-moi, Monsieur, d'inculper une personne qui vous fut chère et qui me l'est infiniment à moi-même, malgré ses torts envers moi.

Depuis ma plus tendre jeunesse, mille événements bizarres et mon malheureux sort, n'ont pas permis que vous prissiez intérêt à mon existence.

Souffrez, Monsieur, que j'entre là-dessus avec vous dans quelques détails.

J'avais à peine quatorze ans, vous vous en souviendrez peut-être, que l'on me maria à un homme que je n'aimais point, et qui n'était ni riche, ni bien né.

Je fus sacrifiée sans aucune raison qui puisse balancer la répugnance que j'avais pour cet homme.

On refusa même, je ne sais pourquoi, de me donner à un homme de qualité qui voulait m'épouser : je me sentais dès lors, au-dessus de mon état, et si j'avais pu suivre mon goût, ma vie aurait été moins variée et il n'y aurait de romanesque que ma naissance.

Mais vous savez le reste, Monsieur. Forcée à fuir un

époux qui m'était odieux, et poussée par les conseils d'une sœur et d'un beau-frère, à venir habiter la capitale, c'est dans ce gouffre de bien et de mal que, sans titre, j'ai tenu une conduite régulière.

Renfermée dans un petit cercle d'amis, avec toute la décence que se doit une femme qui se respecte, il serait inutile de vous dire que je n'ai point été sensible; je tiens de vous au moins par le cœur.

Je me suis toujours piquée de délicatesse et elle a même souvent nui à mes intérêts.

Le sentiment est respectable, mais à Paris, vous le savez, Monsieur, ce n'est point par lui qu'on parvient à la fortune.

Je n'ai point de regret, je fais tous les jours de nouveaux sacrifices, et je commence même à être philosophe à un âge où les femmes jouissent le mieux des plaisirs.

Quelques protecteurs assez puissants daignent s'intéresser à mon sort et à celui de mon fils. Je n'importune pas souvent leur crédit. Je n'aime pas la foule, l'éclat et le grand monde. Je vis, satisfaite du peu que j'ai, et je suis contente si mon fils est heureux.

Quel est donc le but de ma lettre? J'ai eu l'honneur de vous le dire, dès le commencement, Monsieur.

Ce n'est point à votre fortune que j'en veux. Mon unique intention, en vous écrivant, est de soulager mon cœur d'un poids qui le surcharge, depuis longtemps : c'est un besoin pour moi de vous témoigner ma tendresse.

Je m'en veux d'avoir tant tardé à remplir un devoir aussi doux. Ah! Monsieur!... Mon père!... Qu'il me soit permis de vous appeler de ce nom, ne refusez pas un cœur qui vous est dû à tant de titres. Que le vôtre daigne s'ouvrir au sentiment de la nature qui doit parler en ma faveur. Voyez, en moi, votre fille.

J'en ai toute la tendresse; agréez-en le témoignage, et rien ne manquera à mon bonheur... Rien... Je me trompe...

Ah! oui, sans doute, il y aurait un moyen d'ajouter à ma félicité, et ce moyen, Monsieur, est dans vos mains; ce serait de faire quelque chose pour ma pauvre mère, et...

(sans signature).

LETTRE XXVI

Du Marquis de Flaucourt, à Madame de Valmont, sa fille

Votre lettre, Madame, a réveillé mes douleurs et inquiétudes sur le passé. Quel temps avez-vous attendu pour vous rappeler en mon esprit! Mes années, mes infirmités et la Religion, m'ont forcé d'éloigner, de mes yeux, les objets qui me rappelleraient les erreurs d'une trop coupable jeunesse.

Je crois, sans effort, et trop malheureusement pour moi, que vous ne m'êtes pas étrangère. Mais vous n'avez aucun droit, pour réclamer, auprès de moi, le titre de paternité.

S'il est vrai, cependant, que la nature parle en vous, et que mes imprudentes caresses pour vous, dans votre enfance, et l'aveu de votre mère, vous assurent que je suis votre père, imitez-moi, et gémissez sur le sort de ceux qui vous ont donné « l'être ».

Dieu ne vous abandonnera point, si vous le priez sincèrement.

J'oublie entièrement tout ce que me fit l'infortunée Olinde, et je ne me rappelle que ses droits sacrés que la religion me prescrit. Vous pouvez vous rassurer sur son sort. Je prendrai soin de son existence; et si la mort que j'attends comme un don favorable, venait mettre fin à mes tourments et suspendre mes intentions, ma digne épouse, dans le sein de qui je crains de les déposer, exécutera mes dernières volontés. Ses rares vertus, sa piété exemplaire, acquitteront, mieux que moi, des dettes qui, en déchargeant ma conscience, ne la blesseraient pas moins. Soyez convaincue de son équité et de sa bienfaisance. Si les infortunés ont des droits à sa charité, votre mère et vous ne serez pas oubliées.

Voilà, Madame, tout ce que je puis vous promettre, et je voudrais faire beaucoup plus pour vous; mais que pourrais-je dans l'état de souffrances où je me trouve? Ma plus chère consolation est actuellement ma digne et respectable épouse, qui me console dans mes maux, et qui ne me quitte pas un instant. Elle m'a appris à ne penser que par elle, et, avec ses bons principes, la grâce de Dieu ne m'abandonnera point. Je supporte mes douleurs avec patience. C'est à cette digne épouse que ma fortune, mes Ouvrages, mes bienfaits sont remis. Elle fera du tout un bon usage, j'en suis sûr.

Adieu, Madame. On va s'occuper d'Olinde, ma filleule. Si mon frère, que j'attends dans ma terre, arrive bientôt, je la lui recommanderai comme sa sœur de lait. J'ai l'honneur d'être

Le Marquis de Flaucourt.

LE PRINCE PHILOSOPHE
CONTE ORIENTAL

Seconde Partie

Dans le commencement de son règne, le prince eut quelques peines domestiques. Idamée voulait se mêler des affaires d'État. Son ambition n'était point assez satisfaite de n'avoir que le superbe nom de reine. Elle voulait gouverner le royaume, mais Almoladin lui dit qu'il n'entendait point qu'elle s'occupât de l'administration politique; qu'il lui permettait seulement d'adoucir le sort des infortunés, d'encourager les arts et les talents, puisqu'elle était assez instruite pour protéger les lettres.

Idamée reconnut la justice des refus d'Almoladin et l'importance de ses offres. Elle se conforma aux uns, et profita des autres. Elle se fit un genre de pouvoir suprême inconnu jusqu'alors aux femmes : elle voulut donner un essor à ce sexe toujours faible, timide et contrarié dans ses goûts, privé des honneurs, des charges, enfin accablé sous la loi du plus fort. Elle chercha les moyens de le tirer de cet état d'indolence, de paresse qui jette souvent les femmes dans des travers honteux. Les femmes occupées d'objets essentiels qui puissent flatter leur amour-propre, se livreront moins à cette insupportable coquetterie, à ces toilettes éternelles qui fatiguent plutôt la beauté plutôt qu'elles ne servent à l'embellir. Toutes les femmes de Siam étaient moins occupées de leurs ménages que du soin de se parer. Les coiffeurs et les marchandes de modes jouent de grands rôles dans cette ville.

C'était aussi la mode d'empanacher les chevaux, et de loin on ne distinguait pas les femmes qui étaient dans les chars d'avec les chevaux qui les traînaient. Les passants s'occupaient plutôt d'examiner le bonnet que la figure des femmes. Les chapeaux de toute espèce, de toute couleur, et de toutes fabriques paraissaient sur l'horizon tous les huit jours. Les femmes riches se ruinaient pour suivre les modes, et celles d'une fortune médiocre sacrifiaient les besoins de la vie au plaisir d'avoir un chapeau ou un bonnet à la mode. On ne distinguait plus la femme de l'artisan d'avec la femme de condition, tout était confondu... Le mérite seul, dit Idamée, les distinguera désormais.

Ah! Si les femmes veulent seconder mes désirs, je veux que, dans les siècles futurs, on place leur nom au rang de ceux des plus grands hommes; non seulement je veux qu'elles cultivent les lettres, les arts, mais qu'elles soient propres encore à exercer des places dans les tribunaux, dans les affaires contentieuses, dans l'administration des affaires de goût. Ce fut d'après ces réflexions qu'Idamée dirigea elle-même son plan sans le communiquer à personne. La Nature, en créant le monde, le peupla d'animaux de toute espèce. Elle leur donna la faculté de pourvoir à leurs besoins, et d'inventer des arts à proportion de l'intelligence qu'ils avaient reçue. Elle créa donc deux sexes pour se reproduire, et répondre à ses vues. Le mâle et la femelle d'un commun accord contribuent à l'embellir. L'homme seul a ôté à sa compagne tous les moyens de le remplacer ou de le soulager dans ses travaux. Qu'ont produit l'impuissance et l'infériorité de la femme? Des traverses de toute espèce. Ce qu'elle a perdu par la force, elle l'a recouvré par l'adresse. On lui a refusé l'art de la guerre, quand on lui a appris l'art de l'allumer; on lui a refusé la science du barreau et celle des affaires, quand elle est propre à s'occuper de l'une et de l'autre. Si les places étaient héréditaires et qu'elles passassent de l'époux à l'épouse, il y aurait moins de familles ruinées, moins d'enfants sans ressources. La veuve essentielle qui, en perdant son époux, se voit hors d'état d'élever ses enfants, ne peut, sans frémir, considérer cette injustice. Souvent elle a exercé la place de son mari absent ou incommodé; et lorsqu'il n'est plus, elle s'en voit dépouillée pour la voir passer entre les mains d'un homme ignorant et pusillanime, ou d'un sot qui n'a d'autre mérite que de s'être procuré des protecteurs, et cette protection souvent ne lui vient que par la voie des femmes. Elles n'ont aucun pouvoir publiquement, elles commandent despotiquement dans le mystère. C'est dans un agréable boudoir qu'elles nomment un général d'armée, un amiral, un ministre. Tout indistinctement leur est accordé, sans connaître la portée de ce qu'elles exigent. *Je le veux* est la plus grande science des femmes; mais si elles avaient été versées dans les affaires, instruites de bonne heure, elles auraient reconnu le danger de leur ascendant. Les hommes auraient été plus conséquents, et les femmes moins frivoles. Enfin, pour l'amour de l'État et du bien public, il faudrait accorder à ce sexe plus d'émulation, lui permettre de montrer et d'exercer sa capacité dans toutes les places. Les hommes sont-ils tous essentiels? Eh! combien n'y a-t-il pas de femmes qui, à travers de leur ignorance, conduiraient mieux les affaires que des hommes stupides qui se trouvent souvent à la tête des bureaux, des entreprises, des armées et du barreau. Le mérite seul devrait mener à ces places majeures, ainsi qu'aux inférieures, et l'on devrait donner aux jeunes demoiselles la même éducation qu'aux jeunes gens. Les femmes, à qui l'on n'a réservé que le soin du ménage, le conduiraient bien mieux, si elles étaient versées dans toutes les affaires. Plus instruites, elles ne connaîtraient pas toutes ces petitesses d'esprit qu'enfante une imagination féconde. La gloire en ferait des guerrières intrépides, des magistrats intègres, des ministres sages et incorruptibles. Qu'on détruise le préjugé injustement établi contre les femmes, pour faire place à l'émulation, le bien public s'en ressentira avant la révolution d'un demi-siècle...

Le prince Almoladin reconnut l'esprit et la manie d'Idamée. Il ne put cependant s'empêcher, ainsi que ses ministres, d'y reconnaître un intérêt général; mais il craignait d'autoriser cette entreprise dangereuse. Il sentit bien que si l'on donnait aux femmes des moyens d'ajouter à leurs charmes, le courage, les lumières profondes et utiles à l'État, elles pourraient un jour s'emparer de la supériorité, et rendre, à leur tour, les hommes faibles et timides, et qu'il valait mieux laisser les choses dans l'état où elles étaient, que de donner naissance à une révolution qui pourrait, par la suite, tourner au désavantage du parti actuellement plus puissant.

La séance se termina sans avoir rien arrêté sur cette affaire. Almoladin se rendit chez la reine, et, après l'avoir un peu raillée, il embrassa son fils, en lui disant : « Mon fils, vous serez gouverné par votre épouse, ainsi que tous vos sujets, et tout en ira beaucoup mieux. Les hommes deviendront femmes alors, et comme ils n'auront pas le pouvoir en main, ni la force, ni le courage, ni les charmes, ils ne seront que de pauvres idiots, qu'à peine les femmes daigneront considérer, et dont elles ne se serviront que dans la nécessité la plus urgente, si le monde ne finit pas à cette fameuse révolution. »

Idamée avait envie de se fâcher; mais le roi la persiflait avec tant de grâces, qu'elle n'en eut pas le courage. Elle ne voulait pas d'ailleurs paraître avoir imaginé ce plan, et elle s'y prit avec tant d'adresse, qu'elle dissuada

Almoladin de la pensée où il était que ce plan était de son imagination. Ce projet se répandit bientôt par tout le royaume. Les femmes commencèrent à devenir plus réservées et moins frivoles. D'abord, on diminua d'un pied et demi les bonnets et les chapeaux. Ce grand changement se fit en peu de jours; mais tout à coup on vit quelque chose de bien plus extraordinaire; on supprima les bonnets et les chapeaux en entier; les cheveux en désordre se jouaient sur le front; un bouquet de fleurs seulement, placé sur le côté, affichait la négligence de cette coiffure; une aimable folie lui avait donné naissance.

La reine, enchantée de ce prodige, ne manqua pas de persévérer dans son dessein. Almoladin proposa trois questions singulières à discuter publiquement et par trois personnages de chaque sexe : un vieillard de soixante ans, un jeune homme de vingt-cinq et un enfant de dix : les femmes à peu près du même âge.

La première question était de savoir si l'on devait donner aux jeunes demoiselles une éducation plus forte que leur constitution; la seconde était de décider si les femmes auraient assez de courage et de force d'esprit pour être inflexibles et constantes dans leur opinion; enfin la troisième, si, à certaine révolution que les femmes éprouvent, comme quand elles deviennent nubiles, ou quand elles deviennent mères, elles ne demandent pas d'être ménagées et si ce ménagement n'est pas incompatible avec les devoirs que les hommes sont obligés de remplir. Les enfants devaient prononcer sur le premier point, les jeunes gens sur le second, et les vieillards sur le troisième. Idamée, enchantée du projet du roi, se flattait que, par ce moyen, son plan aurait le plus grand succès : elle ne manqua pas de choisir dans son sexe une personne qui pût répondre à son dessein. Le mandarin lui procura une jeune personne élevée parmi des jeunes gens dont lui seul connaissait le sexe. Idamée la fit venir chez elle, et fut on ne peut pas plus satisfaite de sa conversation. Il n'en fut pas de même de la personne de vingt ans et de celle de cinquante, quoique très instruites. Elles n'avaient point le courage et l'intrépidité de la jeune personne; ce qui lui prouvait que tout dépend de l'éducation. On lui opposa un jeune homme plus faible qu'elle, tant par la constitution que par le caractère; elle avait les mêmes vêtements, au point que, le jour arrivé, tout le monde prit le change. Cette séance se passa dans une des cours du palais, si grande et si majestueuse par sa construction, que jamais on ne vit une assemblée plus imposante. Les deux sexes étaient séparés, les croisées et les balcons étaient également garnis de chaque côté d'hommes et de femmes. On avait élevé un trône pour la reine qui dominait sur toutes les femmes qui l'entouraient. Le roi de Siam était aussi environné de tous les hommes, et placé sur un trône. Entre ces deux trônes était une espèce de théâtre où les deux sexes, qui devaient agiter les questions proposées et les décider, étaient en vue de tous les spectateurs. Le roi donna le choix à la reine sur l'objet qui devait commencer l'ouverture de la séance. Idamée fut assez adroite pour demander d'abord qu'on mît la force à l'épreuve. Les deux enfants de dix ans montèrent les premiers sur la scène pour lutter ensemble. Ils combattirent longtemps; mais enfin la victoire fut pour les femmes. Le roi, qui pensait que le jeune homme était le vainqueur, dit à Idamée : Voilà déjà un point perdu, madame. Il croyait que celui qui portait une figure délicate était la jeune fille. Cette erreur amusa infiniment la reine et les dames de la cour qui étaient dans le secret. Almoladin, malgré sa sagesse, ne pouvait revenir de sa confusion. Le petit garçon, qui sentit son amour-propre humilié, proposa de se battre au fleuret : il savait parfaitement tirer des armes... la petite fille accepta la partie avec plaisir; mais Idamée tremblait; elle ne savait pas si cette jeune personne avait appris à en tirer. Un second triomphe, plus rapide encore que le premier, acheva de consterner Almoladin, qui ne put s'empêcher de faire couronner la petite fille. Il doutait de son sexe, il la fit approcher de lui, et, après l'avoir bien considérée, il doutait encore qu'on ne l'eût point trompé : il la questionna, et finit par lui demander quel était son sexe. La petite fille lui répondit avec un ton ferme et imposant, en lui montrant son fleuret : Sire, mon sexe est au bout de cet instrument. Le roi, à cette réponse, resta confondu. Est-ce une fille, est-ce un garçon? se disait-il. Le mandarin, ainsi que le père de la jeune demoiselle, convainquirent Almoladin, et il reconnut que l'éducation fait tout; mais qu'il serait trop dangereux d'élever toutes les femmes comme cette petite chevalière. Il dit tout bas au mandarin et à son père : « Un jour cet enfant sera dans mon royaume un grand homme, mais je n'en veux qu'un de cette espèce. » On porta la petite fille en triomphe; toutes les dames lui jetaient des lauriers et des couronnes. La reine aurait bien désiré, en secret, qu'on s'en tînt au premier point. Le hasard avait mis en scène deux amants qui s'aimaient secrètement. Le jeune homme avait fait un plaidoyer sur l'amour, où il présentait au sexe les dangers qu'il courait dans cette entreprise; il s'était dit en lui-même : c'est le seul moyen d'emporter la victoire sur ce sexe dangereux, et d'obtenir mon amante pour ma récompense.

   La jeune personne, au contraire, avait fait grande provision de politique, de philosophie et de remarques sur les sciences les plus profondes. Elle parla la première, et débuta par un grand discours sur l'existence de la matière, sur ses causes et sur les éléments. La réponse du jeune homme fut simple et galante. Il se jeta à ses pieds; et la présentant au public : « Voilà le plus bel ornement de la Nature, s'écria-t-il, et désormais elle en sera la terreur. Les grâces vont changer leurs chaînes de fleurs pour des chaînes de fer. » Il saisit la main de la jeune personne, dont la confusion avait déjà frappé tous les yeux, en lui disant avec chaleur : « Quoi, vous qui, d'un seul regard, faites tomber César, Alexandre à vos pieds, vous voulez régner sur nous par la force et le courage ! Ah, quel pouvoir deux beaux yeux n'ont-ils pas sur le cœur de l'homme ! Il faudra donc désormais les mépriser, les braver et lutter contre eux. La beauté viendra perdre ses charmes sous un costume lourd et grossier ! »

La jeune personne voulut insister et combattre cet argument, elle s'embrouilla et perdit tout à fait le fil de son discours.

Idamée rougissait pour la jeune personne, ainsi que toutes les femmes; mais l'amant était vainqueur, et l'on fut forcé de reconnaître qu'en amour les femmes étaient plus faibles que les hommes, puisqu'elles en donnaient en public une preuve si convaincante.

La jeune personne essaya pour la troisième fois de reprendre son discours; mais sa voix s'entrecoupa, elle ne fit plus que balbutier, et l'amant victorieux finit par lui dire : « Que cet aimable désordre vous rend intéressante ! La beauté timide est cent fois plus touchante que si elle voulait se transformer en grave orateur. Il ne doit sortir d'une jolie bouche que des mots qui pénètrent l'âme et vont droit au cœur, et non pas de ces grandes phrases morales et philosophiques. » La jeune personne ne put plus résister, et laissa tomber de sa main le cahier où était imprimée la suite de son discours.

La vieille, furieuse de cette chute, monta à grands pas, et renvoya la jeune personne avec une dureté qui en imposa aux hommes, ramassa le cahier avec colère, et dit : « Je finirai mieux que n'a commencé cette petite folle. Quel est celui qui osera entrer en lice avec moi ? » Le vieillard de soixante ans, qui était un peu caduc, avait de la peine à arriver sur le théâtre. Il commence à regarder l'héroïne qu'il avait à combattre. Il avait de grandes lunettes sur le nez; et comme il était fort petit et son antagoniste fort grande, il était obligé de lever la tête pour la regarder.

« Dieux! s'écria le vieillard, la belle personne que je vois; et, pour son âge, qu'elle est bien conservée! » La vieille commença à se dresser et à se gonfler : « Parbleu! dit-elle, monsieur, il y a longtemps que je le sais, mais ce n'est pas ce dont il s'agit. Il faut m'opposer des raisons aussi convaincantes que celles que vous venez de m'opposer pour ma fraîcheur, et qui prouvent que nous ne sommes pas en état de gérer des biens, des places, et de commander un bataillon quand le cas l'exigerait. »

« Le cas n'est pas sage, répondit le vieillard sèchement. Les femmes, en propres termes, ne sont bien placées que dans leur ménage : elles n'ont ni assez de constance, ni de capacité, ni de sang-froid pour conduire des affaires majeures. »

« Allez, bonhomme, lui répliqua la vieille, vous radotez, mon ami. Vous êtes hors d'état d'en parler. »

Le vieillard, que le bruit n'effrayait pas, était bien sûr que s'il redoublait de politesse, en opposant toujours de bonnes raisons, il pousserait à bout la dame de cinquante ans. « Hélas! madame, continua-t-il, que vous a fait votre sexe pour vouloir l'exposer à tant de maux? N'a-t-il point assez de peines et de souffrances? Eh! pourquoi lui ravir le plaisir de plaire et de charmer? C'est là son emploi; le nôtre d'avoir toute la charge de l'esprit et du corps. » « Croyez-vous, lui dit la vieille, que nous ne sommes pas en état de remplir ces mêmes charges? Nous ne vous en plairions pas moins, et peut-être davantage; voilà ce que vous craignez. » « Eh! pourquoi ne pas redouter tout ce qui est hors de la nature? lui répliqua le vieillard. Elle ne vous a point favorisées, de manière à pouvoir soutenir ce que vous avancez. » « C'est là où je vous arrête, lui dit-elle; elle ne nous a point favorisées! Et vous venez d'en être convaincu par cette jeune fille de dix ans. Moi-même, ajouta-t-elle, ne suis-je pas plus forte et plus robuste que vous? ne suis-je pas plus en état d'agir et de discourir? » Le vieillard resta un moment sot et embarrassé à cette réplique. « Mais, lui dit-il, quand il faudra condamner à mort ou ordonner la question pour punir le crime, que ferez-vous avec cette douce sensibilité que la Nature vous a donnée à la place de la force et du courage? » « On s'habitue à tout, répondit-elle. » « Et quand il faudra disséquer un cadavre, ne reculez-vous pas d'horreur à ce seul mot? » « Et quand cela serait, tous les élèves de Chirurgie ne reculent-ils pas la première fois? » « Mais quand il s'agira de traiter une affaire grave et délicate entre deux souverains, de remplir la place d'un sage ambassadeur? » « Oh! ne craignez rien pour celui-là. La dissimulation est innée chez les femmes. »

Almoladin tremblait à juste titre, et voyait que le vieillard allait fléchir; il ne lui restait plus qu'un argument. « Mais je pose, lui dit le vieillard, que l'ambassadeur soit jeune et joli, et que le souverain ennemi soit aimable, persuasif et qu'il cherche à séduire l'ambassadeur; s'il succombe, adieu les affaires de l'État. » « Je suis votre servante, lui répondit la vieille madrée, le souverain sera plus en danger que l'ambassadeur, et nous gagnerons notre cause; voilà tout le danger qu'il y a de nous laisser entre les mains des affaires majeures. Nous en viendrons toujours à notre honneur, de quelque manière qu'on nous prenne. » « Mais ce ne sera pas de bon aloi », lui dit le vieillard en colère. « Qu'importe! la politique emploie bien d'autres moyens plus terribles et moins généreux. » À ces mots, toutes les dames battirent des mains, et deux lauriers valurent plus qu'un pour cette fameuse cause. Le roi cependant ne décida rien. Il promit seulement de voir le moyen qu'il pourrait prendre par la suite pour mettre à exécution ce vaste projet; mais, pour encourager le sexe, il permit à la reine d'établir *l'Académie des dames ou les Séances publiques de la reine*, où l'on pourrait juger certaines causes du sexe. Il lui laissa le droit de nommer aux places des présidentes, de choisir les conseillers, les avocats et les procureurs. Tout le monde applaudit à un établissement aussi honorable pour le beau sexe, et toutes les belles de Siam abandonnèrent les grâces pour caresser les muses.

TABLE DES MATIÈRES

Introduction	9
Textes politiques	65
Lettre au peuple ou projet d'une caisse patriotique par une citoyenne	69
Remarques patriotiques	73
Projet d'un second théâtre et d'une maternité	78
Réflexions sur les hommes nègres	83
Le cri du sage	88
Départ de M. Necker et de Madame de Gouges	93
Déclaration des droits de la femme	99
Plaidoyer pour le droit au divorce	113
Préface pour les dames	115
Réponse à la justification de Maximilien Robespierre	120
Défense d'Olympe de Gouges face au Tribunal révolutionnaire	123
Textes dramatiques	131
Préface sans caractère	135
Lettre de Madame de Gouges à la Comédie-Française	139

Réponse 141
Adieux aux Français 142
Mon dernier mot à mes chers amis 147
Mirabeau aux Champs-Élysées 150
La France sauvée ou le tyran détrôné 160
Le couvent ou les vœux forcés 180

Autobiographie, romans 213

Mémoire de Madame de Valmont 215
Le prince philosophe, conte oriental 225

CET OUVRAGE
A ÉTÉ COMPOSÉ
ET ACHEVÉ D'IMPRIMER
PAR L'IMPRIMERIE FLOCH
À MAYENNE EN SEPTEMBRE 1986

N° d'impression : 24438
Dépôt légal : septembre 1986